跟着语文课本长知识

课本里的希腊神话

[法]桑德利娜·米尔扎 / 著　[法]克洛特卡 / 绘　洪昊玥 / 译

长江出版传媒　长江文艺出版社

古希腊罗马诸神

盖亚
大地女神

乌拉诺斯
天　神

尼莫西妮
女泰坦
记忆女神

克洛诺斯
（萨图恩）
泰　坦
时空之神

瑞亚
女泰坦

克里俄斯
泰　坦

忒弥斯
女泰坦
正义的化身

伊阿珀托斯
泰　坦

克吕墨涅
大洋神女

宙　斯
（朱庇特）
至高无上的天神

波塞冬
（尼普顿）
海　神

哈迪斯
（普鲁托）
冥　王

赫　拉
（朱诺）
婚姻女神

赫菲斯托斯
（伏尔甘）
火神与工匠之神

德墨忒尔
（克瑞斯）
农业和丰收女神

赫斯提亚
（维斯塔）
灶火女神

阿特拉斯

埃庇米修斯

墨诺提俄斯

宙斯＋塞墨勒

宙斯＋赫拉

宙斯＋迈亚

宙斯＋德墨忒尔

狄俄尼索斯
（巴克斯）
酒　神

阿瑞斯
（玛尔斯）
战　神

赫尔墨斯
（墨丘利）
旅者、商人、
小偷之神
诸神的信使

珀耳塞福涅
（普罗塞庇娜）
种子女神，冥后

在阅读本书的过程中，你还能在页面下方
找到如下几种类型的补充知识点：

 古代文明　 艺术　 语言　 地理　 神话　 天文学

括号中所标示的为古希腊众神所对应的古罗马神的拉丁文名。

科俄斯 ❤ 福柏	许珀里翁 ❤ 忒亚	俄刻阿诺斯 ❤ 忒提斯
泰坦　女泰坦	泰坦　女泰坦	泰坦　女泰坦

勒托

赫利俄斯
太阳神

塞勒涅
月亮女神

墨提斯
大洋神女
智慧的化身

克吕墨涅
大洋神女

普勒俄涅
大洋神女

普罗米修斯
泰坦
人类的恩人

宙斯 + 狄俄涅　　宙斯 + 墨提斯　　　　宙斯 + 勒托　　　　宙斯 + 尼莫西妮

九个缪斯女神

阿佛洛狄忒
（维纳斯）
爱与美之神

雅典娜
（密涅瓦）
智慧和逻辑女神
雅典卫城的守护者

阿波罗
（阿波罗）
光明、美与艺术之神
预言之神

阿尔忒弥斯
（狄安娜）
狩猎女神

目 录

- **1** 世界的诞生
- **10** 波塞冬，海洋之神
- **15** 哈迪斯，冥界之神
- **24** 雅典娜，智慧女神
- **29** 赫菲斯托斯，工匠之神
- **33** 狄俄尼索斯，酒醉的一生
- **39** 普罗米修斯，人类的挚友
- **45** 潘多拉，世间第一位女子
- **50** 珀尔修斯，美杜莎的征服者
- **57** 柏勒洛丰，荣耀与陨落
- **62** 赫拉克勒斯的十二项壮举

69 伊阿宋与金羊毛

77 俄耳甫斯和欧律狄刻

80 从欧罗巴到米诺斯

87 忒修斯和米诺陶洛斯

92 俄狄浦斯,被诅咒的一生

98 阿喀琉斯之踵

101 特洛伊战争

110 奥德修斯历险记

117 埃涅阿斯,罗马人的祖先

122 罗慕路斯和雷慕斯

世界的诞生

在古希腊人的想象中，世界的诞生就是一个绚丽丰富的大家族故事。这个故事象征着宇宙的演变：在诸神的不懈努力下，文明战胜了野蛮……之后，地球也做好了准备，以迎接人类的到来。

在天地未开辟之前，世界上只有卡俄斯，也就是一个巨型的裂缝，它无边无际，深不可测。

在混沌之中，最先诞生的是盖亚（大地之母）、塔尔塔罗斯（冥界深渊的化身）、厄洛斯（爱与欲望的化身）、厄瑞玻斯（黑暗之神）和倪克斯（黑夜女神）。

厄瑞玻斯和倪克斯在一起后，生下了埃忒耳（太空之神）和赫墨拉（白昼女神）。

随后，盖亚独自生下乌拉诺斯（天空之神）、乌瑞亚（山神）和蓬托斯（海洋之神）。

 古代文明：古希腊人是多神论者，他们信仰的神灵不止一位。可以说，希腊神话就是他们所信仰的宗教。

盖亚和乌拉诺斯生了很多孩子……

他们的孩子中,有六位男泰坦和六位女泰坦。这十二位泰坦神,个个都力大无穷。

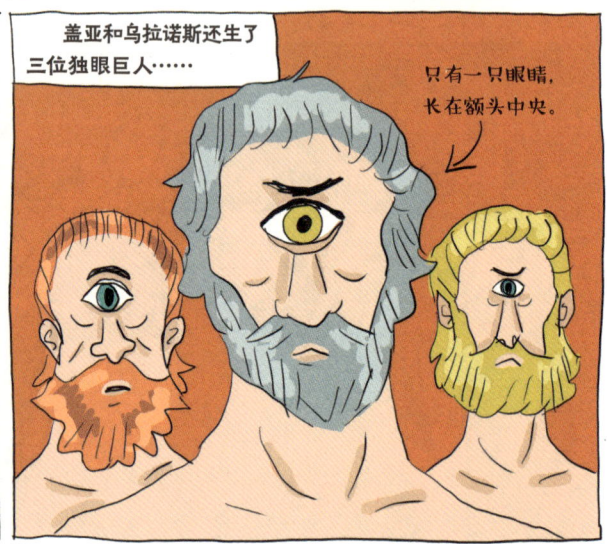

盖亚和乌拉诺斯还生了三位独眼巨人……

只有一只眼睛,长在额头中央。

和三位百臂巨人。

五十个脑袋 一百条手臂

然而乌拉诺斯特别憎恨自己的孩子。他把孩子们囚禁在盖亚的身体内,不让他们出来。

语言:从"泰坦(titan)""独眼巨人(cyclop)"和"巨人(giant)"等词,派生出了"titanic""cyclopean"和"gigantic"等表示"巨大、庞大"的形容词。

 艺术：弗朗西斯科·戈雅在1823年前后曾经创作过一幅著名画作，描绘了克洛诺斯（萨图恩）吞食自己孩子的场景。

当宙斯出生的时候,母亲瑞亚下定决心要救这个孩子。她用襁褓裹着一块石头,装作是新生的婴儿,献给了克洛诺斯……

同时,她把刚出生的宙斯暗中托付给居住在克里特岛伊达山上的仙女们抚养。
我们把他藏在山洞里……
用山羊阿玛耳忒亚的乳汁来喂养他。

守卫洞穴的库瑞忒斯人也保护着年幼的宙斯。
我们一起来敲击盾牌吧,这样别人就听不到小宝宝的哭声了。

长大成年后,宙斯便开始着手谋划对父亲的反击。在大洋神女墨提斯的帮助下,宙斯让克洛诺斯吞食了一种药物,使得他把吞进肚里的孩子们都吐了出来。就这样,他成功救出了自己的哥哥姐姐。

哥哥、姐姐们,复仇的号角已经吹响!让我们一起把这个凶残的父亲除掉吧!

独眼巨人和百臂巨人也加入了反抗克洛诺斯的阵营。独眼巨人还为众神打造了专属的超强武器。
雷电 宙斯 三叉戟 波塞冬 隐身头盔 哈迪斯

 语言：据说，西北太平洋的热带气旋就得名于"堤福俄斯"。

故事拓展

宇宙起源与创世神话

在天地诞生之前，宇宙还处在一片混沌之中。这片混沌本身就是一位神灵，他的名字叫卡俄斯。直到今天，在希腊语、英语等语言中，"卡俄斯"这个词依然是"混沌"的意思。其实，这里的混沌指的就是一枚蛋，或者更具体地说，就是蛋白和蛋黄混作一团的状态。远古时期，人类通过观察，发现蛋具有孕育生命的力量。所以，他们认为天地是被蛋孵化出来的，也就合情合理了。

卡俄斯孕育出的第一位神灵就是盖亚。盖亚是大地之神，因为大地是万物生长的基础。紧接着，在混沌中诞生了其他神灵，比如黑暗之神厄瑞玻斯和黑夜女神倪克斯。厄瑞玻斯和倪克斯还孕育了多位神祇，包括太空之神埃忒耳和白昼女神赫墨拉等。黑暗的结合孕育了光明，也象征着黑暗与光明的交织与相生相成。爱神厄洛斯也诞生于混沌之中，可见即使在混沌与黑暗之中，爱依然会顽强地滋长。

天空之神乌拉诺斯是大地女神盖亚独自孕育的神灵，也是希腊神话中的第一代主神。之后，乌拉诺斯与盖亚结合生下了很多子女，其中最著名的当然是身躯庞大的泰坦神了。直到今天，泰坦（Titan）这个词依然有"巨人"的意思。

乌拉诺斯担心这些孩子会取代自己的首领地位，便将他们关押在盖亚的身体内（即地下深渊中）。盖亚被激怒了，决定带领孩子们推翻乌拉诺斯的暴政。克洛诺斯轻手轻脚地来到正在酣睡的乌拉诺斯床前，杀死了自己的父亲。乌拉诺斯的鲜血溅落到大地上，诞生了宁芙仙子和复仇女神，而他溅落在海洋中的血肉则化成了一片泡沫，爱与美的女神阿佛洛狄忒就诞生在这片泡沫之中。意大利画家波提切利的世界名画《维纳斯的诞生》便记录了这个场景。

克洛诺斯比他的父亲还要残暴。每当自己的孩子降生，他就会一口吞进腹中，以防他们威胁到自己的统治地位。就这样，克洛诺斯先后吞掉了五个孩子。

克洛诺斯的妻子瑞亚下定决心，一定不能再让自己的孩子遭克洛诺斯的迫害了。当第六个孩子出生时，瑞亚急中生智，顺手拿起身边一块和婴儿大小相仿的石头，用布包着塞到了克洛诺斯的手中。骄横的克洛诺斯压根没想到瑞亚会欺骗自己，便将石头一口吞进肚中。这个孩子名叫"宙斯"。

瑞亚连夜将宙斯带到克里特岛交由宁芙仙子抚养。宙斯长大后，得知了父亲犯下的罪行。他先设法让父亲将之前吞进肚子的五个孩子全部吐了出来，然后带领哥哥姐姐们向父亲发起了挑战。克洛诺斯的暴政早就让众多神灵心怀不满，他们纷纷投奔到宙斯的麾下。克洛诺斯召集泰坦神族和以宙斯为代表的反抗者们展开了长达十年的激战。最终，宙斯一方推翻了克洛诺斯的统治。

战斗胜利后，宙斯和其他神灵们选择将奥林匹斯山作为居所，从此，希腊神族进入了奥林匹斯神系时代。宙斯成为新一代的主神后，和自己的两位哥哥共同管理世界。宙斯选中天空和大地作为自己的领地，而他的哥哥波塞冬则选择了海洋作为自己的地盘。宙斯的另一位哥哥哈迪斯一看，好地方都被你俩分了，我的领地在哪里呢？苦思冥想之后，哈迪斯决定出任地狱的首领，专门管辖亡灵。他们兄弟三人也被称为奥林匹斯神系三大主神。

在希腊神话中，老一辈的神王生下儿子后往往会囚禁或吃掉他们，而幸免于难的儿子则会在母亲的支持下反抗父亲并取而代之。这一过程不仅体现了权力更迭的残酷，更深刻地反映了古希腊人对社会进化规律的认知。他们认为，新一代的神族最终将取代老一代神族，社会也需要一代又一代人不断地变革，才能进步和发展。

神话小课堂

古希腊众神居住在云端之上的奥林匹斯山上，他们的生活是什么样的呢？

生活场所： 众神主要居住在奥林匹斯山上，那里有赫菲斯托斯为众神建造的雄伟宫殿，包括议会大厅、寝室、厨房和娱乐场所。除了冥王哈迪斯和冥后珀耳塞福涅常驻冥界外，其他众神经常在奥林匹斯山上聚会和办公。

饮食： 众神食用仙草和甘露以保持长生不老，也会享用人类献上的祭品。灶神赫斯提亚负责为众神烹制美食，而酒神狄俄尼索斯酿造的葡萄酒是众神的最爱。

娱乐活动： 众神在例会结束后会进行各种娱乐活动，如听阿波罗弹奏里拉琴、欣赏美惠三女神的舞蹈、聆听缪斯女神的诗歌演唱等。

人际关系： 众神之间有着复杂的家庭和权力关系。宙斯作为众神之王，其他神灵对他毕恭毕敬。但众神之间也存在嫉妒、争斗等。

宗教崇拜： 古希腊人通过祭祀和节日来表达对众神的崇敬，如奥林匹亚竞技会就是为了祭拜奥林匹斯众神而举行的。

波塞冬，海洋之神

希腊人是属于大海的民族，所以他们必定有一位掌管海洋的神——波塞冬。当波塞冬发怒的时候，他就会激起一阵狂风暴雨。波塞冬还能触发地震。除此以外，他也是马匹的守护神。

 古代文明：海神波塞冬的神庙曾经宏伟壮丽，屹立在面向爱琴海的苏尼翁角的悬崖顶端。

故事拓展

海神波塞冬的反叛与神罚

波塞冬是宙斯的哥哥。他一面帮助宙斯为推翻父亲的暴政而战,同时还拜上古神海洋之神尼普顿为师,掌握了控制大海的强大力量。在奥林匹斯神系中,波塞冬成了新一代的大海之王。波塞冬拥有一头浓密的头发和长长的胡须,手持三叉戟,经常骑着海豚或四匹马拉着的海神车驶过波涛汹涌的大海,三叉戟、海豚、鱼、马、公牛等都是他的象征之物。

身为大海上的王者,波塞冬对宙斯的领导多少有些不服气。他觉得宙斯心肠狠毒又花心,凭什么能坐神界的头把交椅呢?赫拉也早就对宙斯的不忠心存不满,她发现波塞冬对宙斯的不满后,便和波塞冬联合起来,想将宙斯从神界首领的宝座上赶下来。

这天,赫拉一个劲儿地劝宙斯喝酒。很快,宙斯就喝得烂醉如泥。赫拉发出信号,早就埋伏在奥林匹斯山山脚的波塞冬带领人马冲了上来,在其他神灵毫无防备之时,用巨大的海浪驱散了他们。波塞冬一路冲到宙斯的床前,用绳子将他结结实实地绑了起来。

宙斯奋力挣扎,可越挣扎身上的绳索绑得越紧。无论波塞冬怎样威胁,宙斯都不愿意让位。众神虽然被波塞冬的巨浪打了个措手不及,但很快就回过神来。纵然宙斯有很多缺点,可他平时对其他神灵还算友好宽厚,所以,大家纷纷打回奥林匹斯山,赶跑了波塞冬,还帮宙斯解开了身上的绳索。

宙斯当然不会放过波塞冬和赫拉。他将赫拉五花大绑吊在房梁上揍了一顿。可是该如何处置波塞冬呢?毕竟他是自己的亲哥哥,杀了他吧,于心不忍;但如果不惩罚波塞冬,岂不是鼓励大家随心所欲地造反吗?

　　这时，一个名叫特洛伊的城邦向宙斯献了大量的贡品，祈求宙斯赐给他们一道永远无法被攻破的城墙。宙斯便命令波塞冬为特洛伊人修建一道永远无法被攻破的城墙。波塞冬虽然觉得为人类打工很丢人，但总比丢掉性命强啊。他只好来到特洛伊，起早贪黑，一砖一瓦地为特洛伊人建造了一道坚固的城墙。这道城墙在未来的特洛伊战争中发挥了巨大的作用。

　　从此，波塞冬再也没有推翻宙斯的念头了，每天在大海中四处游荡解闷。在巡游海洋时，他碰见了安菲特里忒。安菲特里忒是大海中最美丽的仙女，波塞冬对她一见钟情。可是安菲特里忒并不愿意嫁给波塞冬。她急中生智，躲到用双手撑起天空的提坦神阿特拉斯的身后。

　　一只聪明的海豚发现了安菲特里忒的藏身之处，并将这个秘密告诉了波塞冬。安菲特里忒以为波塞冬是靠智慧发现了自己的藏身之处，对波塞冬心生好感，便答应做他的妻子。为了感谢海豚帮助自己打动了心爱之人，波塞冬便将这只海豚的灵魂升上天空，变成了海豚星座。

　　波塞冬和安菲特里忒有三个孩子，三人中最广为人知的是特里同，只有他继承了父亲的海神之力。特里同上半身是人形，下半身却长着一条鱼尾，是很多艺术作品中美人鱼的原型。特里同还有一只神奇的海螺号角。每当他用力吹响这只海螺号角时，就会发出如同猛兽般的咆哮，大海也会掀起惊涛骇浪。

　　古希腊位于巴尔干半岛上，是大海哺育了古希腊人。他们经常在海上航行，要么捕鱼，要么进行货物运输，非常需要海神波塞冬的庇护和保佑。当然，他们对于大海的惊涛骇浪、喜怒无常肯定也深有领教，所以波塞冬也成了一位经常发火、经常有出格行为的神灵，他的易怒性格是希腊神话中情节发展的重要推动力。

神话小课堂

在希腊神话中，波塞冬不仅是海洋的主宰，还被尊为"地震之神"。希腊神话构建了一套关于世界起源、自然规律与人类命运的独特解释体系。一起来看几个有趣的例子吧！

雷电是怎么产生的？

雷电是宙斯的"专属武器"，他生气的时候，天空便乌云密布，雷声隆隆。

地震和海啸是怎么回事？

古希腊地处地震多发带，频繁的地壳活动被解释为神灵的愤怒。波塞冬作为掌控地下水域的神祇，能通过三叉戟搅动地底，引起地震。

太阳和月亮是怎么运转的？

太阳神阿波罗每天驾着黄金马车从东跑到西，为世界带去光明和温暖；每天晚上，月亮女神塞勒涅会驾驶着由两匹雪白的马拉着的银色马车，穿越夜空，将柔和的月光洒向大地。

天上为什么有星星？

英雄、神灵或怪物在死后会被升上天空，成为星星，以纪念他们的功绩。如赫拉克勒斯在完成十二项任务后被升为武仙座。

哈迪斯，冥界之神

哈迪斯是地下世界的主宰者。他掌管着冥界的亡灵和一切地下的财富。他绑架了宙斯和德墨忒尔的女儿科瑞，并且迎娶了她。从此，科瑞成了冥后珀耳塞福涅，与哈迪斯一同统治地下世界。

19

 地理：希腊的伯罗奔尼撒半岛的名字就源于珀罗普斯。

故事拓展

冥王哈迪斯与四季的诞生

哈迪斯与宙斯、波塞冬是亲兄弟。哈迪斯是冥界的统治者，管辖着所有的亡灵。在古希腊人的心中，哈迪斯长着长胡子、手持鸟头杖，身边总是跟着他的宠物——地狱三头犬刻耳柏洛斯。

一个人在阴森黑暗的冥界待久了，肯定会向往光明，渴望美好的事物。所以，哈迪斯总会忙里偷闲到地面上散散心。直到有一天，他终于遇到了自己生命中最重要的一束光。

哈迪斯正漫无目的地走着，突然看到了美丽的春神珀耳塞福涅。珀耳塞福涅是宙斯和农业女神德墨忒尔的独生女。哈迪斯爱上了她，想让她做自己的新娘，让阴森的冥界也有春天。可是哈迪斯知道，德墨忒尔肯定不愿意让自己的女儿嫁到暗无天日的冥界。于是他便向宙斯求助。宙斯对于哥哥久居冥界也确实心中有愧，便默许了哈迪斯的请求。

一天，珀耳塞福涅正和朋友们一起在丛林中采摘野花。大地女神盖亚得到宙斯的授意，让大地上开出了一朵朵水仙花。珀耳塞福涅最喜欢水仙花了，她摘了一朵又一朵，不知不觉就和同伴们走散了。突然，大地裂开，四匹黑马拉着冥王哈迪斯的战车出现了。他强行把珀耳塞福涅抱上马车，驾车驶回了冥界。地缝轰隆一声合拢了，好像什么事情都没有发生过。

失去女儿的德墨忒尔悲痛欲绝。经过四处打听，她得知是哈迪斯掠走了自己的女儿。她知道仅凭自己的力量，是无法从哈迪斯那里夺回女儿的。于是，她向众神寻求帮助，可是，大家都畏惧哈迪斯的权势，不愿意帮助她。连众神之王宙斯，对这件事也是睁一只眼闭一只眼。众神的冷漠激怒了德墨忒尔。她一怒之下，施展出农神的终极大法：让所有的花朵都凋谢了，所有的庄稼都枯死了，大地上一丝绿意都没有了。这下，人间和神界全都乱了套。由于庄稼歉收，人类不得不忍受

饥馑之苦。人类没有食物,自然也就顾不上供奉神灵。众神得不到人间的祭祀,也是怨声载道。

宙斯害怕大地会永远这样荒芜下去,只得派遣赫尔墨斯去说服哈迪斯放珀耳塞福涅回家。哈迪斯无法违抗宙斯的旨意,但他利用了冥界的规则:任何人或神,只要吃下了冥界的食物,便再也不能离开。等赫尔墨斯火急火燎地赶到冥界时,哈迪斯已经用花言巧语哄骗珀耳塞福涅,让她吃下了冥界的石榴籽。

这下,她的母亲德墨忒尔也无可奈何了。神灵们经过商量后决定,珀耳塞福涅每年有三个月的时间待在冥府陪伴哈迪斯,而剩下的九个月则回到人间与母亲团聚。所以,当珀耳塞福涅待在冥界时,大地就一片萧条,寒风凛冽,这便是冬季。而当珀耳塞福涅回到人间时,草木开始复苏,世界也重新恢复了生机,这便是春天。珀耳塞福涅在大地上待的时间越久,大地就越发生机勃勃,这便是夏天。而当珀耳塞福涅要和母亲分离时,母女俩心中的悲痛就化作了越来越浓烈的秋意。

有了冥后珀耳塞福涅的陪伴,哈迪斯冰冷的心也慢慢有了一些温度,不再像以前一样冷面执法,视人命为草芥了。珀耳塞福涅也逐渐适应了冥界的生活环境,还经常跟着丈夫一起在冥界闲逛。这篇漫画就借助她和哈迪斯闲逛这一情节向大家介绍了冥界的布局。

神话小课堂

这个漫画故事解释了希腊神话中四季的由来。在中国神话中,四季的起源则与女娲和伏羲的传说有关。

女娲补天与四季的形成

在远古时期,天地初开,万物生长,但世界并没有四季之分,气候始终如一。人们生活在一片和谐之中。但随着时间的推移,天地间的平衡逐渐被打破。

传说,水神共工与火神祝融发生了激烈的争斗。共工战败后,愤怒之下撞向了支撑天地的不周山。不周山倒塌,天柱断裂,导致天倾西北,地陷东南。天空出现了一个巨大的裂口,洪水倾泻而下,大地陷入一片混乱。

为了拯救苍生,女娲炼五色石来补天。她斩断巨鳌的四足撑起天地,平息了洪水。然而,由于不周山的倒塌以及天地的倾斜导致了气候的变化。女娲在补天的过程中,为了让大地恢复生机,决定将一年分为四个季节,每个季节有不同的气候特征,以维持自然界的正常运转。

春季,女娲用绿色的五色石补天,赋予大地生机,万物复苏,草木萌发,这便是春天的由来。

夏季,她用红色的五色石补天,赋予大地炎热与活力,阳光充沛,植物茂盛,这便是夏天的特征。

秋季,她用金色的五色石补天,赋予大地丰收与成熟,果实累累,草木渐黄,这便是秋天的景象。

冬季,她用白色的五色石补天,赋予大地寒冷与沉寂,万物休眠,白雪覆盖,这便是冬天的象征。

雅典娜，智慧女神

雅典娜从宙斯的头颅里一跃而出时，身上就披有盔甲。可以说，她从出生的那刻起就注定会成为一位机敏的女战士。她守护着希腊城邦，通过鼓励发展农耕和手工业来为人类谋福祉。

古代文明：为了纪念雅典娜，雅典人每四年会举行一次"雅典娜女神节"。

 古代文明：雄伟的帕特农神庙就坐落在雅典卫城。"卫城"的原意为高处，是人们祭祀雅典娜的地方。

 艺术：1898年，古斯塔夫·克林姆特创作了著名的作品《帕拉斯·雅典娜》。

故事拓展

雅典娜与古希腊文明密码

　　雅典娜是希腊神话中的智慧女神，也是希腊人最尊敬的女神。在关于雅典娜的所有故事中，最离奇的要数雅典娜出生的故事了。因为她是爸爸生下的孩子。

　　其实，雅典娜的妈妈叫墨提斯。墨提斯是一位美丽的女神，而且还拥有一项让大家羡慕不已的能力，那就是预测未来。当墨提斯知道自己肚子里有了小宝宝时，她开心得不得了，于是就用神力预测了一下自己孩子未来的命运。这一预测不打紧，她发现了一个惊天的秘密，她的孩子将会比众神之王宙斯还要强大！

　　宙斯在得知和墨提斯的孩子将比自己更加强大后，就一直心神不宁、寝食难安。因为他就是推翻了父亲的统治后才成为神界的主宰的，他害怕这个孩子会取代自己神界首领的地位。于是，他决定趁着墨提斯还没有把孩子生下来，置她于死地！

　　第二天，宙斯偷偷摸摸地跟在墨提斯的身后，然后趁其不备，猛地将她扑倒在地，一口把她吞进了肚子里。可宙斯还没来得及得意，就觉得头痛欲裂。宙斯疼得嗷嗷乱叫，引来了其他神灵的围观。大家都知道宙斯做了一件多么可怕的事情，所以没有一个人上前帮他。宙斯疼得蜷缩成了一团，不得不放下众神之王高傲的姿态，苦苦地哀求工匠之神赫菲斯托斯把他的脑袋打开，看看里面到底有什么奇怪的东西。

　　赫菲斯托斯是宙斯和天后赫拉的儿子，非常擅长使用刀斧。赫菲斯托斯举起斧子一抡，宙斯的大脑袋就被劈开了。这时，所有围观的神灵都惊讶得张大了嘴巴，因为从宙斯的脑袋里跳出了一个身穿铠甲、手持长矛、英姿飒爽的女孩。这个女孩就是智慧女神雅典娜。至于墨提斯呢，大家也不要担心。她将自己的灵魂依附在雅典娜的身上，无时无刻不陪伴着自己的女儿。

　　男人生孩子这种事只可能发生在虚构的神话故事里。不过这个故事却隐含着一个历史事实。因为人类社会在发展

过程中，曾经经历过一个由母系氏族公社时期到父系氏族公社时期的转变，也就是从女权社会到男权社会的转变。一些男人生孩子的神话就形象地展现了这种转变，因为这些故事想表明孩子首先是爸爸的骨肉，其次才是妈妈的。今天，小朋友出生后通常都会跟爸爸的姓，其实也是男权社会流传下来的习俗。

雅典娜还是希腊著名城邦雅典的守护神。按照古代希腊的习俗，每一座城市都要有一位守护神。在雅典建城之初，雅典娜和波塞冬都对这座城市产生了浓厚的兴趣。为了确定谁能成为雅典的守护神，他们决定进行一场比赛，两人各自向雅典人民提供一份礼物，由雅典人民表决谁的礼物更有价值，谁可以成为守护神。

波塞冬用三叉戟猛击地面，大地裂开了一道巨缝，水从洞中喷涌而出，化作一匹雄壮的战马。战马象征着征战和力量，波塞冬告诉雅典人："只要你们选择我，我就保证你们从此战无不胜，攻无不克！"

雅典娜则将长矛插在地里，让土里长出一棵枝繁叶茂的橄榄树。橄榄树不仅能为人们提供好吃的橄榄和珍贵的橄榄油，它坚硬的木材更是建造船只和家具的绝佳材料。更重要的是，橄榄树是和平与繁荣的象征。雅典娜希望借橄榄树告诉雅典人："选择我，你们将过上富足、和平的生活。"

最终，雅典娜胜出，成为雅典的守护神。古希腊有两个最强大的城邦：一个就是以富裕和文化而闻名的雅典，另一个是以强大的武力闻名的斯巴达。

神话小课堂

雅典娜的智慧与和平理念塑造了雅典的文化，也体现了古希腊对理性与繁荣的推崇。来看一看雅典娜有哪些了不起之处吧！

雅典娜教会人们织布、造船、做陶罐，可以说是古希腊的"全能学霸"；和波塞冬比赛时，她用橄榄树赢了战马，被称作"和平使者"；她用盾牌守护大家，用智慧化解冲突，堪称"正义勇士"！她独立自信，向我们证明女孩同样勇敢坚强。

赫菲斯托斯，工匠之神

赫菲斯托斯跟其他奥林匹斯山的神灵不同，他长得并不俊美，腿还有残疾。他是火神与工匠之神。他是一位心灵手巧的工匠，可以制造出各种神奇的武器和工具。他的工坊就在火山下。

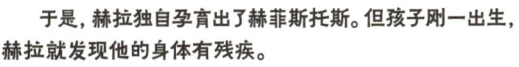

 神话：据说，赫菲斯托斯的工坊之一位于西西里岛的埃特纳火山脚下。而在诸神与巨人们的战斗中，雅典娜就是用埃特纳火山压住了巨人恩克拉多斯。

29

赫菲斯托斯长大后成了最有天赋的工匠。不论多么精密复杂的工艺，他都能完成。

宙斯，你看！我在奥林匹斯山上安装了自动门，还发明了能自己移动的三角支架。

好实用！

你能给我打造一只金盆吗？这样我每天夜里就可以乘坐它穿越海洋啦。

没问题，赫利俄斯。

拿着，厄洛斯。让人一见钟情的箭我已经给你做好了。

太棒了！

我想给儿子阿喀琉斯定制一件战无不胜的武器。

包在我身上，忒提斯。

因为在手工艺上有出众的天赋，诸神都非常喜欢赫菲斯托斯。他的生母赫拉也很为自己的儿子骄傲。

干得漂亮，我的好儿子！

故事拓展

丑陋之神的匠心

赫菲斯托斯是希腊神话中的火神与工匠之神，同时也是希腊神界中容貌最丑陋的一位男神。

赫菲斯托斯虽然相貌丑陋，但他心灵手巧，对工匠技艺有着无比的热爱和天赋。他很快就成了技艺出众的锻造大师，打造的武器和艺术品都堪称一绝。不过，他心里始终对母亲赫拉的遗弃怀恨在心，总想着找个机会报复。

机会终于来了！赫菲斯托斯精心打造了一把华丽无比的金王座，然后送到了奥林匹斯山。他故意把金王座放在赫拉出入奥林匹斯山的必经之路上。果然，贪慕虚荣的赫拉一看到这把金王座，就忍不住坐了上去。结果，她刚一坐上，就触发了王座的机关，被牢牢地困在了上面，动弹不得。

这可急坏了奥林匹斯山上的众神，他们纷纷前来援助，但无论怎么努力，都无法打开这个神秘的机关。最后还是酒神狄俄尼索斯想了个办法，他拿出美酒来诱惑赫菲斯托斯。赫菲斯托斯喝得很开心，终于同意解除机关。不过，他向赫拉提出了三个条件：向自己承认错误、恢复自己在奥林匹斯山上的主神地位、娶美貌无比的爱神阿佛洛狄忒为妻。

赫拉虽然心里不情愿，但也没别的办法，只能答应了赫菲斯托斯的要求。

在艺术作品中，工匠常被描绘为手持铁锤、身穿围裙的强壮男性，虽然外貌粗犷但技艺精湛。

赫菲斯托斯创造了会动的黄金女仆和自动战车，这些器械的设计其实已经包含有"机器人"的概念。赫菲斯托斯堪称古希腊的"人工智能先驱"。

可以说，赫菲斯托斯就是古代能工巧匠的化身，古希腊人对其的推崇也是对那些为人类文明做出贡献的能工巧匠的赞颂。

神话小课堂

赫菲斯托斯虽容貌丑陋，但心灵手巧，成为锻造技艺最卓越的神灵。他擅长打造武器、艺术品与神器，作品以精妙绝伦著称。来看看他为众神打造了什么厉害的武器吧。

宙斯： 神盾埃癸斯，坚硬无比，散发出万丈光芒。能抵挡任何攻击，也会引发风暴及灾难。

阿喀琉斯： 用黄金、白银和魔法金属锻造的盔甲。在特洛伊战争中，阿喀琉斯穿着这套盔甲重返战场，所向披靡，最终战胜了赫克托尔。

狄俄尼索斯： 可使农作物丰收的酒神杖。上面缠绕着常春藤，顶端缀有松果，能释放美酒、蜂蜜等，还能点石成泉。

赫利俄斯： 纯金太阳马车。车轮上燃烧着永恒不灭的圣火，车身上装饰着象征星辰的宝石。

厄洛斯： 黄金弓箭，有金箭和铅箭两种类型。金箭会让人陷入疯狂的情绪之中，铅箭会让人产生厌恶或冷漠的情绪。

赫尔墨斯： 带翅膀的头盔与鞋子，使其具有飞行能力。

狄俄尼索斯，酒醉的一生

狄俄尼索斯是葡萄园和葡萄酒之神。他有着两副面孔：一面代表了自由、愉悦和欢庆；另一面则代表了无序、野蛮和疯狂。他是宙斯和塞墨勒的儿子。传说中，狄俄尼索斯是从父亲宙斯的大腿里出生的。

> 塞墨勒怀上了宙斯的孩子，正静静地等待生产。

> 赫拉企图除掉这位与她争夺丈夫的女人。于是，她打算给塞墨勒出个坏主意。
>
> "你应该让宙斯使出全力，把他最强大的样子展示出来。"
> "这样做不是很危险吗？"
> "不会，不会，完全不会……"
>
> 赫拉假扮成一位老妇人

> "宙斯，让我看看你真正的样貌吧！"
> "你要什么，我都照做。"
>
> 咔嚓 咔嚓

> 很不幸的是，塞墨勒被雷火烧死了。
>
> 咔嚓 咔嚓

> 宙斯急忙救下自己与塞墨勒的孩子，并把他藏在了大腿里。

🖌 艺术：《朱庇特与塞墨勒》（1895年）是画家古斯塔夫·莫罗的名作之一。

| 几个月后，狄俄尼索斯从宙斯的大腿里出生了…… | 宙斯把刚出生的儿子托付给尼萨山中的山林仙女抚养。 |

"小宝贝，乖宝贝！"

那个孩子在大自然里自由自在地长大了。

他有不少好朋友。

"我能跟狂女迈那得斯一起跳舞吗？"

"不，现在还不能。"

"那我能跟小精灵萨蒂尔玩耍吗？"

"现在还没到时候。"

头上长犄角
尖尖的耳朵
羊蹄子

"狄俄尼索斯，西勒诺斯老师在等你呢。"

语言： 法国有句俗语"自认为是从朱庇特大腿里生出来的"，意思是"自命不凡"。

34

并不是每一个狄俄尼索斯造访的地方都对他表示欢迎。在底比斯，国王蓬托斯就试图阻止他进入城邦。

快走吧！请你不要来打扰我城邦里的居民！

他怎么敢拒绝你？

他会为今天的傲慢而付出代价的！咱们走着瞧吧！

让这里的每一位女性都加入狂女迈那得斯的行列吧，让美酒迷幻她们的头脑！

哦，看啊，她们朝蓬托斯国王冲过去了，她们正抓着他的头、胳膊和腿！

当狄俄尼索斯把葡萄的种植技术引入越来越多的国家，其他的神仙都对他刮目相看。

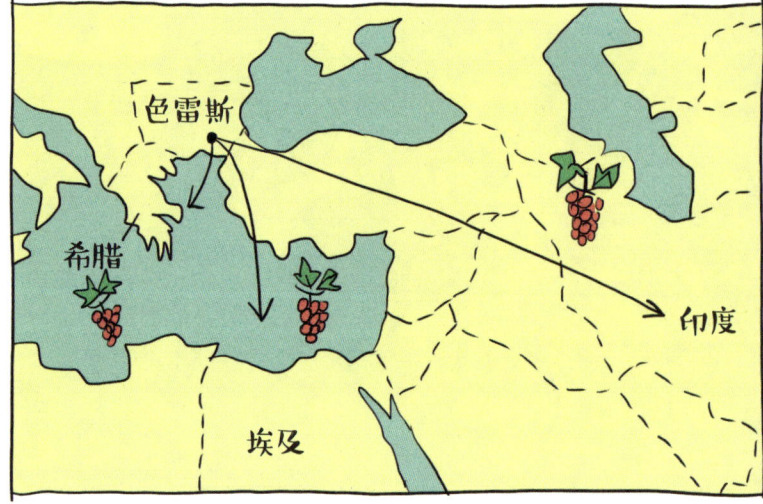

色雷斯

希腊

埃及

印度

他终于可以登上奥林匹斯山，不用再流浪了。

孩子，欢迎来到奥林匹斯山！

36

故事拓展

葡萄藤下的神谕

酒神狄俄尼索斯的父亲是众神之王宙斯，母亲是凡间女子塞墨勒。宙斯疯狂地爱上了塞墨勒，甚至破天荒地将她带到神圣的斯提克斯河，庄重地向她许下了一个诺言：他愿意满足塞墨勒向自己提出的一切要求。凡是在斯提克斯河边许下的誓言，都是不容违背的，连神也不能例外。这让天后赫拉心生不满。虽然她和宙斯是夫妻，可宙斯从来没有向赫拉许下过任何爱情的誓言。于是，赫拉将一个疯狂的念头灌注进了塞墨勒的脑海中。

当宙斯再一次来到人间与塞墨勒相会时，塞墨勒提出了一个大胆的请求。"亲爱的宙斯，每次你都是化身成凡间的男子与我相会，从来不曾让我目睹你神圣的真容。既然你曾在斯提克斯河边许下了神圣的诺言，那么请让我一睹神界之王真正的容颜吧。"宙斯犯了难——凡人窥见他真正的容颜便会魂飞魄散，可他又不能违背自己的诺言。宙斯只得按照塞墨勒的要求，现出了真身。宙斯浑身散发着炙热耀眼的火焰与闪电，肉身凡胎的塞墨勒无法抵御众神之王周身的光芒，很快就化为了灰烬。不过，这个伟大的母亲在临终之前拼尽全力将腹中的胎儿交给了宙斯。这个孩子就是狄俄尼索斯。

为了让狄俄尼索斯免受赫拉的迫害，宙斯偷偷地将他带到尼萨山一处僻静的山谷，把他交给山林中的仙女抚养。仙女精心地哺育狄俄尼索斯，肥沃土地的守护神西勒诺斯教会他如何种植各种农作物，尤其是如何种植出饱满甜美的葡萄。天资聪慧的狄俄尼索斯不仅掌握了老师交给他的所有本领，还悟出了一套酿造葡萄酒的独门秘籍。宙斯发现狄俄尼索斯在酿酒方面很有天赋，便赐予他"酒神"的封号。

狄俄尼索斯长成了一名高大英俊的小伙子，还结识了很多朋友。其中，人面羊身的萨蒂尔成了他忠实的伙伴和助手。狄俄尼索斯不愿意将美好的生命时光全都耗费在狭小的山谷中，决定到山谷外面广阔的世界去闯荡一番。也有人说，他是为了躲避赫拉被迫离开山谷的。总之，狄俄尼索斯开始了云游四方的快乐生活。

狄俄尼索斯走到哪里，就把快乐带到哪里。每当狄俄尼索斯来到一个城市或村庄，他都会将生活在那里的人们召集到丛林中，然后当着大家的面将法杖插入泥土中。在他插入法杖的地方会冒出一株又一株的葡萄树，涌出汩汩的美酒。然后，大家就在酒神的带领下，抛开所有的忧伤，忘掉所有的忧愁，卸下所有的压力，一起开怀畅饮，纵情狂欢。

开心的事情谁不愿意干啊？所以，狄俄尼索斯也就顺理成章地成了一名备受爱戴的神灵。一般情况下，希腊人每隔两年便会聚集在奥林匹亚，对所有的神灵进行一次集中的祭祀，古老的奥林匹克运动会就起源于这个祭祀活动。唯独对狄俄尼索斯的祭祀活动，不仅每年都会举行，而且还是在希腊各地同时举行。在祭祀酒神的过程中，人们会放下生活中的一切烦恼，穿上最华丽的衣服，载歌载舞。祭祀酒神的活动不仅是现代西方狂欢节的前身，更是戏剧这一艺术形式诞生的重要源头。

当然，酒神带给人类的并非只有欢乐，有时，他也会给人类带来痛苦和灾难。一天，狄俄尼索斯来到了底比斯城。底比斯的国王蓬托斯不喜欢酒神，可狄俄尼索斯实在是太受欢迎了，还拥有一群狂热的粉丝，其中就包括蓬托斯的母亲阿高厄。每次酒神节狂欢时，他们都会头戴常青藤编成的花环，在长笛和双面鼓的伴奏下，尽情地玩乐。蓬托斯想在狂欢的人群中找到自己的母亲。可是，他的母亲已经喝得酩酊大醉，没有认出儿子，反而觉得蓬托斯打扰了自己，于是带着其他醉酒的人一拥而上痛打蓬托斯。蓬托斯丧命之后，他的母亲才恢复理智，意识到自己做出了多么可怕的事情。显然，狄俄尼索斯是一个具有两面性的神灵，他既能给人们带来欢乐，也会给人们带去痛苦。他的故事也告诉我们，凡事都是过犹不及，必须讲究节制与分寸。

普罗米修斯，
人类的挚友

普罗米修斯（意为"有先见之明的人"）是泰坦伊阿珀托斯和大洋神女克吕墨涅的儿子。他总是在保护人类，甚至为此不惜激怒其他神仙。他还有个兄弟，名叫埃庇米修斯（意为"先做后想的人"）。

人类和动物被创造出来后，诸神把赋予人类和动物各自特质和优势的任务交给了普罗米修斯和埃庇米修斯两兄弟。

——就让我来干吧，普罗米修斯。你来检查我的工作成果就行。

——好的。

——怎么样？做完了吗？

——完成了。我把皮毛给了熊，帮助它抵御寒冷；把甲壳给了乌龟，让它能够自我防御……

——我还把力量给了狮子，让它能更好地狩猎；把速度给了羚羊，让它能跑得更快……

——你赋予了人类什么呢？

——哦，不！我把人类给忘记了。

——这样可不公平。我得帮帮人类！

> 神话：普罗米修斯还有一个名叫阿特拉斯的兄弟。因为反抗宙斯失败，阿特拉斯被罚独自用肩膀撑起天穹和整个世界的重量。

普罗米修斯做的第一件事，是去赫菲斯托斯那里盗走火种。
人类，你们都听我说。我把火种带给你们，你们可以用火取暖，用火将食物烤熟，还可以用火来锻造器具。
普罗米修斯做的第二件事是去雅典娜那里偷师，学习手工艺和技术。
这些图纸请你们拿走。有了它，你们就能成为能工巧匠，成为陶器和纺织专家了。
谢谢你，真是太感谢了！
普罗米修斯偷了我的火！
父亲，他还把属于我的工艺和技术传授给了人类！
这确实是个问题。
他没有遵守神界的规则。再这么下去，人类就会觉得自己跟神没什么区别了。

过了一段时间，诸神与人类相聚一堂，共同分享神圣的祭品。

普罗米修斯负责分割牛肉。狡猾的他再一次把分配的天平偏向人类：他把优质的牛肉藏在不起眼的表皮之下，又在几块牛骨头上盖了一片诱人的油脂。

宙斯，您是奥林匹斯山之主，请您先来挑选属于神的部分吧。

那盘油光发亮的看起来特别诱人。我就要那一盘！

什么！下面竟然只有几块骨头！

普罗米修斯，你竟敢这样欺骗我？你必须受到惩罚，以儆效尤！

神话：普罗米修斯这个人物最早出现在赫西俄德的长诗《神谱》中。这首长诗讲述了诸神的诞生过程。

我下令，普罗米修斯将永世被铁链束缚在高加索山顶上……
他的肝脏每天都会被飞过的鹰啄食，到夜里才能再长出来！
就这样，普罗米修斯备受折磨，度过了数百年……直到赫拉克勒斯路过此地，发现了他。
求求你了，放我走吧！
嗖！
救下你的是我儿子，这事便也罢了。
但我不能解除对你全部的惩罚。从现在起，你必须佩戴这枚铁戒指。锻造这枚戒指的铁来自束缚你的铁链，上面镶嵌的石头来自高加索山。

故事拓展

普罗米修斯与人类文明之光

相传在开天辟地之初，世界上并没有飞鸟走兽，当然，也不存在人类。于是，众神将创造各种生灵的任务交给了普罗米修斯和他的兄弟埃庇米修斯。普罗米修斯是泰坦神族的成员，被誉为"先见之明"之神。而他的兄弟埃庇米修斯则被称为"后见之明"之神，头脑迟钝，是个典型的事后诸葛亮。

很快，普罗米修斯便带着自己的兄弟创造了各类飞鸟走兽，唯独在创造人类时，他们犯了难。应该将人类塑造成什么样子呢？一天，普罗米修斯想到河边洗把脸。当他朝着河面俯下身去时，清澈的河水映出了他的面容。这时，一个绝妙的点子突然浮现在他的脑海之中。

普罗米修斯坐在河边，把河水当作镜子，对照河面上自己的影子，用泥巴捏出了一个小人儿。接下来的几天里，普罗米修斯按照同样的方法，又捏出了许多小泥人。就这样，人类诞生了。

为什么希腊人认为人是由泥土捏出来的呢？道理很简单。泥土适合捏制成各种形状，而且很多植物都是破土而出的，这让远古先民认为泥土可以孕育出生命。世界上很多民族的神话中都讲述了用泥土造人的故事。

各种生灵被创造出来之后，普罗米修斯便自告奋勇地承担起了赋予各种生灵特长和优势的工作，他让猴子擅长爬树，让鱼儿擅长游泳，让乌龟拥有了坚硬的外壳，让狮子拥有了尖牙利齿……可是，这个马虎的家伙却忘记赋予人类得天独厚的优势了。

普罗米修斯觉得有愧于人类，总想给人类一些弥补。他先是巧妙地利用太阳神阿波罗驾驶黄金马车经过的机会，折下一根又粗又长的茴香秆，从太阳车的火焰车轮上取下了一个火星儿，并成功地将火种带到了人间。也有人说他是从工匠之神赫菲斯托斯铸造神器的熔炉里偷走了一块木炭。

总之，火彻底改变了人类的生活，人们开始用

43

火烤熟食物、驱寒取暖，并用火来驱赶猛兽，保护自己的安全。

然后，他又帮助人类从智慧女神雅典娜那里学会了如何造船、如何织布、如何制作各种乐器、如何驯养牲畜……学会这些技能之后，人类的日子一天天地富足起来。这也说明，人类所有的技能其实都是智慧的产物。

随着人类的能力越来越强大，天上的神灵们坐不住了。如果任由人类发展下去，他们岂不是很快就能和神平起平坐了？众神决定与人类展开谈判，商量人类应该供奉祭品以换取神灵的保佑这件事情，而代表人类出席谈判的，正是普罗米修斯。

为了人类的利益，普罗米修斯决定在祭品上做手脚。他宰杀了一头公牛，并将其切成块，分成两堆。他将鲜美的牛肉和内脏藏在肮脏的牛胃中，外表粗糙难看；用闪亮的脂肪包裹骨头，伪装成丰盛的祭品。宙斯被表面的假象迷惑，选择了后者。于是人类获得了可食用的肉类，而骨头与脂肪则归属神灵，这也解释了古希腊人献祭时焚烧骨头供奉神灵的习俗起源。

后来，宙斯以欺骗神灵的罪名将普罗米修斯锁在高加索山的悬崖上，并派一只巨大的老鹰每天来啄食他的肉体。由于普罗米修斯拥有神灵之躯，他的血肉具有再生的能力，所以每天巨鹰啄食了他的肉体后，伤口都会自动愈合。但第二天，他还会遭受同样的痛苦。很多年以后，伟大的英雄赫拉克勒斯射死了那只巨鹰，砸碎了锁链，普罗米修斯才重获自由。

普罗米修斯的故事反映了古希腊神话中神与人之间的复杂关系。神灵虽然拥有强大的力量，但并不意味着他们可以随意欺压人类。普罗米修斯的行为是对神界的挑战，也反映了人类对自由和尊严的追求。

潘多拉，
世间第一位女子

普罗米修斯慷慨造福人类之后，人类变得越来越有存在感，以至于让诸神都有些不安了。宙斯想灭一灭人类的威风，于是他下令把潘多拉送去人间。在古希腊神话中，潘多拉就是神灵送到人间的一份会带来灾难的礼物。

> 你们去造一个美丽迷人，却会给人类招致不幸的女子出来。这样人类便会乖乖地钻进我为他们设下的陷阱。

> 我，工匠之神赫菲斯托斯，来为她打造一副完美的躯体。

> 我，智慧女神雅典娜，来为她穿上华美的衣服。

> 我，爱与美之神阿佛洛狄忒，会让她充满令人无法抗拒的魅力。

> 我，商人与小偷之神赫尔墨斯，来教会她说谎和隐瞒的技巧。

> 完美！现在就把她送到人间吧！

语言：潘多拉一词源于古希腊语，可以翻译为"拥有一切天赋的人"，也可以翻译为"诸神的礼物"。

46

故事拓展

潘多拉之盒：灾难之始与希望之存

在古希腊神话中，人类原本过着无欲无求、无忧无虑的幸福生活。尤其是在普罗米修斯盗取火种并将火种带到人间之后，使得人类拥有了光明和温暖，不再惧怕黑暗，也不用再吃生的食物，人类的生活变得越来越幸福了。然而，人类的幸福生活也引起了神灵们的嫉妒。

狡猾的宙斯想到了一个阴险的主意，他要教训一下人类。于是他找来了以心灵手巧著称的工匠之神赫菲斯托斯，命令他用黏土制作一个美丽的女孩。得益于赫菲斯托斯精湛的技艺，这个女孩美丽极了。为了让女孩更加有魅力，每位神灵都给女孩送上了一份礼物：赫尔墨斯传授给她各种甜言蜜语，阿佛洛狄忒赋予她妩媚的身姿和魅惑的眼神，雅典娜亲自为她披上自己最喜欢的洁白纱衣……而宙斯呢，则送给了她一只精致的木盒。

宙斯宣布道："这个女孩就叫'潘多拉'吧，因为她是诸神送给人类的礼物。"在希腊语中，潘多拉就有"诸神的礼物"的意思。

宙斯将潘多拉送给了普罗米修斯的弟弟埃庇米修斯。尽管普罗米修斯曾经多次叮嘱埃庇米修斯，让他不要接受来自奥林匹斯山上的任何礼物，有的神灵居心叵测，不怀好意。但埃庇米修斯一看到潘多拉，就被她的美丽冲昏了头脑，完全不顾哥哥的劝

告,便娶她为妻了。

　　潘多拉对人类并没有恶意,只是她一直很好奇,宙斯送给自己的盒子里到底装着什么东西。有一天,她忍不住打开了盒子。一股黑烟从盒子里升腾而起,瞬间就像乌云一般布满了天空,扩散至四面八方。伴随着黑烟从盒子里一起飘出的,还有自私、疯狂、嫉妒、贪婪、狭隘、懒惰、怯懦……它们像传染病一样在人间肆虐开来,侵蚀人类的心灵。

　　潘多拉被吓坏了,她这才意识到自己只是众神手中的一颗棋子。她急忙砰的一声关上了木盒,也将盒子里藏着的唯一一份好的礼物"等待"(也有故事说是"希望")关在了盒子里。从此以后,人们就用"潘多拉的盒子"来比喻各种潜在的风险或恶劣的后果。

　　潘多拉的故事寓意深远。它告诫人们好奇心可能会带来灾难性的后果,同时也强调了希望的力量。毕竟,希望还是被带到了人间,不管我们遭遇何种困境,只要前方还有希望,未来就是值得期待的。

神话小课堂

"潘多拉的盒子"常被用于比喻不可逆转的灾难、意外引发的连环恶果，或潜藏着风险的事物。如今，AI的发展带来了一场新的技术革新，有人说，它就是"潘多拉的盒子"，既可能带来巨大福祉，也可能引起难以预料的风险。你认为AI技术的发展对自己的学习有着怎样双重的影响呢？

AI是我们的智能学习伙伴，它能够根据每个人的学习风格、兴趣、能力和学习进度，量身定制个性化的学习方案；还可以提供即时、精确的学习帮助，涵盖深入的概念解释、问题分析及丰富的实例；也能通过游戏化学习、虚拟现实等互动方式，使学习效率显著提升，学习过程更具吸引力。但过分依赖AI，会削弱我们对问题的深入思考与探索，也会产生信息过载与认知偏差的情况，影响我们的思维力与判断力。真正的学习竞争力，永远源自人脑与AI的协作共生。

大家可以尝试"三明治学习法"：自主思考→AI辅助验证→开动脑筋，总结提炼，更好地发挥AI在辅助学习方面的优势。

珀尔修斯，美杜莎的征服者

珀尔修斯是宙斯和达那厄的儿子。在希腊神话中，关于他的故事充满了挑战、魔法宝物和怪兽。他以斩杀戈耳工蛇发女妖美杜莎而闻名。

阿尔戈斯的国王阿克里西俄斯从神谕*得知自己未来将被女儿达那厄的儿子杀死，因此，他把女儿囚禁在高塔中，禁止她与任何男性成家生子。

*指神预言未来的话语

然而，住在高塔里的美貌公主还是没有逃过宙斯的眼睛。他化身成一阵金雨飘进塔里，结识了达那厄。

之后，达那厄生了个儿子，取名为珀尔修斯。

这孩子是从哪里冒出来的？这不可能！快把这孩子扔掉！把他们母子俩关进这个箱子里……

投入大海！

装着珀尔修斯母子的箱子漂到了塞里福斯岛。渔夫狄克堤斯解救了母子二人。

几年后,塞里福斯岛的国王波吕得克忒斯爱上了达那厄。

嫁给我吧,达那厄!

谢谢你,但我不想嫁给你。

她刚跟您说过了,她不想嫁给您!

这个叫珀尔修斯的小伙子真烦人。我得想办法让他离远点儿。

珀尔修斯,我有个任务交给你:把女妖美杜莎的头颅给我带回来,也就是大名鼎鼎的戈耳工三姐妹之一——美杜莎。

这太危险了!

不会,不会的……

我接受这个任务!

嘿！
我会跟雅典娜一起帮助你的。现在，先去北方仙女那里找到你需要的魔法宝物吧。
噢，是你，赫尔墨斯！
我该去哪儿找到北方仙女呢？
格赖埃三姐妹知道这个秘密。她们三人共用一只眼睛和一副牙齿。你可以利用她们这个弱点达到你的目的。
抓小偷！有人偷走了我们的眼睛！
还有我们的牙齿！
只要你们告诉我往哪里走能找到北方仙女，我就把眼睛和牙齿还给你们。
往那里走！
看！接住！
你们好，北方仙女。我是来这里寻找魔法宝物的。
这是一双长着翅膀的鞋，穿上它，你就能飞起来。
拿着，这是哈迪斯的隐身头盔。
还有这个，可以装下万物的魔法袋。

这把金刚不坏之剑，你也拿着。 谢谢你，赫尔墨斯。	我把这面光滑如镜的铜盾送给你。你可以躲在暗处，用盾面观察对方。别忘了，只要与戈耳工三姐妹对视过的人，都会在一瞬间被她们变成石像！ 谢谢你，雅典娜。
珀尔修斯带上全部的装备，前往戈耳工三姐妹居住的洞穴。他把铜盾当作镜子，确认了美杜莎的位置……	珀尔修斯飞身跃到美杜莎的上方，手起刀落，非常干脆地取下了她的头颅！ 咔嚓
他把美杜莎的头颅装进魔法袋。美杜莎的两位姐姐发了疯似的追了上来。幸亏珀尔修斯戴上了隐身头盔，才能顺利脱身。 叛徒！ 他跑哪儿去了？	从美杜莎被斩断头颅的躯体里跳出了一匹双翼飞马——珀伽索斯，后面又紧跟着出来了一位巨人——克律萨俄耳。

🖌 艺术：《执美杜莎之首的珀尔修斯》（1554年）是出自本维努托·切里尼之手的青铜雕像杰作。

📖 语言：法语"méduser"一词就是从美杜莎的神话故事中演化而来的，意思是"大吃一惊"。

53

珀尔修斯骑上飞马珀伽索斯，踏上了返程的路。在途中，他发现有个年轻的女子被绑在山崖上。

你是谁？

我叫安德洛墨达。我的父亲是国王克甫斯，母亲是王后卡西奥佩娅。

你为什么会在这里？

我的母亲吹嘘说我比大海中的仙女们更漂亮。这让她们的父亲海神涅柔斯不开心了。

为了复仇，他派出一个可怕的海蛇妖吞噬了我的王国。

绝望之下，我的父亲去请求神谕，却得知必须把我献祭给大海，才能平息海蛇妖的愤怒。

别担心，我这就来救你。

永别了，你这头怪物！

我的大英雄！

你愿意嫁给我吗？

我愿意！

⭐ 天文学：人们用这个神话中人物的名字来为一些星座（一群恒星的集合）命名，比如拥有"W"星群的仙后座就是以卡西奥佩娅王后的名字来命名的。

珀尔修斯终于回到了塞里福斯岛，回到了母亲达那厄的身边。 母亲，您过得还好吗？ 波吕得克忒斯不断地威胁我，让我不得安宁。	一听到母亲的遭遇，珀尔修斯立刻冲进王宫，想把国王干掉。 你竟然回来了！ 是的，我还给你带了礼物！
当国王波吕得克忒斯和他的大臣们看到美杜莎的头颅，一瞬间他们全都变成了石像。 这样你就再也不能伤害别人了。	后来，珀尔修斯听说有个地方在举办体育竞赛。他积极地报名参加了。
但他把铁饼扔得太远了……	铁饼直直地砸向一位观众。 砰！ 这位不幸的观众不是别人，正是珀尔修斯的外祖父阿克里西俄斯。神谕成真了。	对这次意外珀尔修斯非常痛心，因此，他放弃继承阿尔戈斯国的王位，并创立了自己的城邦迈锡尼。在那里，他与安德洛墨达幸福地生活在一起。

艺术：在意大利文艺复兴时期，卡拉瓦乔创作了极具视觉冲击力的油画作品《美杜莎》（1597年）。

神话小课堂

古希腊神话强调命运的不可抗拒性，人类无法摆脱既定的命运，就连众神也难以逃脱。"命运"的主题几乎在所有希腊神话故事中都有体现。

1. 俄狄浦斯的宿命

德尔斐神谕预言忒拜王子俄狄浦斯将"弑父娶母"。为了逃避命运，父母将他遗弃，但他被科林斯国王收养。成年后，俄狄浦斯得知预言，逃离科林斯，却在途中误杀生父拉伊俄斯。解开斯芬克斯之谜成为忒拜国王后，他迎娶了生母伊俄卡斯忒，完全应验预言。俄狄浦斯一生竭力逃避预言，却步步踏入命运的陷阱。

2. 阿喀琉斯的双重命运

母亲将婴儿阿喀琉斯浸入冥河中，唯独脚踵未沾神水，这也成了他致命的弱点。预言说，阿喀琉斯有两种命运：一是过平凡生活，度过漫长而平庸的一生；二是投身特洛伊战争，成为不朽的英雄。阿喀琉斯选择了短暂而辉煌的人生，在战争中被帕里斯射中脚踵而亡。

3. 普罗米修斯的预言

普罗米修斯因盗火被宙斯惩罚，但他掌握"宙斯将被儿子推翻"的秘密。为逃避命运，宙斯将普罗米修斯释放并与之和解，娶海洋女神忒提斯为妻，从而改变预言。看来，即使众神之王也必须通过变通向命运屈服，而非直接对抗。

柏勒洛丰，
荣耀与陨落

柏勒洛丰被诬陷戏弄安忒亚王后，招致普罗托斯国王的妒忌。于是，普罗托斯请岳父伊俄巴忒斯帮他把柏勒洛丰除掉。这个神话故事便是从这里讲起的。飞马珀伽索斯和怪兽奇美拉将在这个故事中出场。

> 是你召见我吗，伟大的伊俄巴忒斯？

> 是的。亲爱的柏勒洛丰，希望你能帮忙除掉一直在我的王国里为非作歹的怪兽奇美拉。

> 我就不信他面对奇美拉，还能全身而退。

> 该怎么办呢？

> 幸运的是，夜里，女神雅典娜给柏勒洛丰托梦。在梦里，雅典娜送给他一份珍贵的礼物。

> 有了这个黄金辔头，你就能驯服飞马珀伽索斯。它的速度够快，能够逃脱奇美拉喷出的火焰。

> 慢慢来，我美丽的珀伽索斯。

> 嘶嘶！

> 冲！目标奇美拉！

语言：在法语中，"奇美拉"是一种幻想中的生物，并不是真实存在的。

今天咱们聊些什么呢?

今天来聊聊葡萄园和葡萄的种植吧,我是说人们榨取汁液用来酿酒的葡萄。

葡萄酒好喝吗?

非常好喝,但如果喝多了,就搞不清楚自己在做什么了!

虽然狄俄尼索斯一直都生活在尼萨山上,但赫拉从未放过他。她发疯似的追击狄俄尼索斯,迫使他离开了尼萨山。

于是,狄俄尼索斯开始四处游荡。他走到哪里,就把葡萄酒带到哪里。

大家一起来玩耍!

喝起来!

乐起来!

朋友们,跟我一起来!

古代文明:祭祀酒神狄俄尼索斯的时候,他的忠实粉丝会穿上盛装,欢声笑语,载歌载舞。这就是西方戏剧的起源。

最后的一支箭，发出致命一击吧！成功了！
山羊身
蟒蛇尾
狮子头

伊俄巴忒斯国王很失望。他又交给柏勒洛丰更多、更艰巨的任务。然而，柏勒洛丰每一次都凯旋。
我打败了梭里米人……征服了亚马孙人……还从你的护卫专门设下的埋伏中逃脱了。

你的战绩最终打动了我。我希望你能留在我的身边。我把女儿菲罗诺厄，也就是安忒亚的妹妹许配给你。另外，我还要把我一半的国土赠送给你。

这份荣耀让柏勒洛丰冲昏了头脑。他骑上飞马珀伽索斯，妄图冲上奥林匹斯山。
我就是最强大的，我要与诸神平起平坐！

宙斯听闻柏勒洛丰如此傲慢，就派出一只牛虻去叮咬珀伽索斯。飞马受惊，忽然变得狂躁起来……
嘶嘶
啊啊啊啊
嘀

柏勒洛丰从天空跌落到荆棘丛中，眼睛被刺瞎了。从此，柏勒洛丰便在这片荒芜之地漫无目的地游荡，直到生命终结。

故事拓展

傲慢之翼：柏勒洛丰的悲剧

柏勒洛丰是科林斯国王格劳科斯的儿子，也是大名鼎鼎的西西弗斯的孙子。年轻时，他在一次狩猎中不慎害死了自己的兄弟柏勒洛斯，被迫离开家乡科林斯，开始了四处流亡的生活。

柏勒洛丰流亡到提任斯后，受到了国王普罗托斯的热情款待。王后安忒亚对柏勒洛丰一见钟情，却遭到拒绝。于是王后恼羞成怒，向国王诬告柏勒洛丰对她有非分之想。国王普罗托斯听信了王后的谎言，决定借刀杀人。他让柏勒洛丰给自己的岳父吕喀亚国王伊俄巴忒斯送信，并在信中要求岳父将送信的使者杀掉。

柏勒洛丰来到吕喀亚，将信交给了国王伊俄巴忒斯。伊俄巴忒斯心想：我的好女婿啊，你不想违背待客之道，却让我背负杀人的骂名。为了避免落下骂名，他派柏勒洛丰去杀死为祸吕喀亚的怪物奇美拉。奇美拉是一个拥有狮首、羊身、蛇尾的怪物，它的口中能喷出烈焰，轻易地将岩石和金属熔化。任何胆敢接近它的人都会被烧成灰烬。

雅典娜很喜欢柏勒洛丰，便送给他一套黄金制成的马辔，并告诉他，要想除掉奇美拉，就必须先驯服飞马珀伽索斯，而这套黄金马辔是唯一能驯服珀伽索斯的工具。

飞马珀伽索斯不愿意被人驾驭，整天在天上飞来飞去，只是偶尔会来到波瑞涅泉边饮水。柏勒洛丰提前埋伏在泉边，趁珀伽索斯低头喝水时，果断地跃起给它戴上了黄金马辔。在马辔的神奇力量下，珀伽索斯被驯服了，从此成为柏勒洛丰的坐骑。

驯服珀伽索斯后，柏勒洛丰骑着它找到怪物奇美拉，在空中盘旋了一会儿，然后向奇美拉射出一支又一支箭。奇美拉吐出一道道愤怒的火焰，都被珀伽索斯灵巧地躲过，最终，它倒在了柏勒洛丰的箭下。

伊俄巴忒斯见一计不成，又生

一计。他不断地派给柏勒洛丰有难度的任务，但柏勒洛丰最终都顺利完成了。他征服了侵犯北疆的亚马孙女战士，平定了东方的野族梭里米人和海盗刻玛耳胡斯人的叛乱。柏勒洛丰的英勇事迹在吕喀亚广为流传，他成了人们心目中伟大的英雄。伊俄巴忒斯看到老百姓如此爱戴柏勒洛丰，只得恭敬地迎接他回来，并将自己的女儿嫁给他，还将王国的一半送给了他。

面对大家的赞颂与崇拜，柏勒洛丰逐渐变得自大起来。他不愿意别人说自己是得益于神灵的帮助才完成了这些壮举。为了向世人证明自己具有与神比肩的力量，柏勒洛丰做出了一个疯狂的决定——驾乘飞马珀伽索斯冲向奥林匹斯圣山，去挑战天帝宙斯的权威。

这一行为激怒了宙斯，他派出一只牛虻对付珀伽索斯。牛虻虽小，但它攻击的却是飞马最脆弱的部位——眼睛。疼痛难忍的珀伽索斯在空中翻滚了起来，毫无防备的柏勒洛丰从马背上跌落，重重地摔到了荆棘丛中。柏勒洛丰身受重伤，两眼失明，为他的傲慢与疯狂付出了代价。而最终珀伽索斯飞到了奥林匹斯山，被宙斯封为天马星座。

神话小课堂

柏勒洛丰的悲剧结局,展现了希腊神话中英雄即使借助神力,亦不可挑战神权的价值观。读完这个故事,试着总结一下希腊神话中的"英雄叙事"结构。

触发事件
因过失(触怒神明)或命运安排被迫离开家乡,开启冒险。

接受任务
被权威者(国王、神明)赋予"不可能的任务",作为赎罪或考验。

试炼与战斗
连续完成多项任务,逐步彰显英雄能力。

胜利与荣耀
获得王国、婚姻、民众的崇拜,从流亡者变为拯救者,从凡人迈向"半神"地位。

傲慢与陨落
因自大试图超越人类与众神的界限。

结构总结
受难→试炼→荣耀→傲慢→毁灭。

这一循环不仅展现了英雄的个人命运,更是古希腊人对人性、神权与宇宙秩序的理解。

赫拉克勒斯的十二项壮举

赫拉克勒斯以超越常人的神力和不俗的战绩而闻名，特别是他所达成的十二项壮举。赫拉克勒斯的性格复杂多变，他是勇敢而正义的，也是鲁莽而暴躁的。

听说宙斯与阿尔克墨涅生了个儿子，赫拉心中的愤怒如熊熊烈火般燃烧起来。

> 英勇的蛇，请为我复仇，让这个孩子消失吧！

嘶嘶 嘶嘶

但是，赫拉克勒斯竟然把蛇给捏死了。这便是他勇士生涯中的第一个惊人的壮举。

> 啊啊啊
> 额额

到了18岁，赫拉克勒斯已经拥有了异乎寻常的力量。他凭借一己之力杀死了基太隆山上的野狮。

> 我想用这身兽皮给自己做一件斗篷！

随后，他击退了明叶人，解放了底比斯城。

> 作为给你的奖赏，我，底比斯国王克瑞翁，把我的女儿墨伽拉许配给你！

☆ 天文学：有一天，年幼的赫拉克勒斯在赫拉的怀里，想吸吮乳汁。赫拉一把将他推开，但有一些乳汁洒了出来，于是变成了银河。

我好幸福啊!	我也是。你和孩子们是我今生的挚爱。

哼!他们越幸福,我就越愤怒!赶紧让这幸福的画面停止吧!

突然变得疯魔的赫拉克勒斯失手除掉了墨伽拉和三个孩子。

到底发生了什么?我什么也记不得了!我该怎么办?

颓废落寞的赫拉克勒斯向德尔斐神庙的女祭司求助。

你想要减轻自己的罪过,必须去找阿尔戈利斯的国王欧律斯透斯,并为他服务。

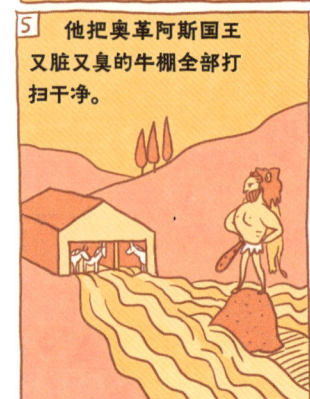

1 他除掉了凶悍的尼密阿巨狮。	**2** 他斩断了勒拿湖里的毒蛇海德拉。	**3** 他成功地捕获刻律涅亚山上的赤牝鹿。据说,这种鹿奔跑的速度特别快。	**4** 他活捉了厄律曼托斯山上的巨型野猪。
5 他把奥革阿斯国王又脏又臭的牛棚全部打扫干净。	赫拉再一次暗中插手。她在欧律斯透斯国王的耳边窃窃私语,告诉他十二件几乎不可能完成的任务。		**12** 他把三头犬刻耳柏洛斯从冥界带了出来。
6 他把斯廷法罗斯湖的怪鸟都驱赶走了。	你准备好了吗? / 准备好了。我希望能够尽快开始赎罪。		**11** 他设法得到了赫斯珀里得斯花园里的金苹果。
7 他驯服了克里特岛的野牛。	**8** 他驯化并带走了国王狄俄墨得斯的食人马群。	**9** 他征服了亚马孙女战士,并夺得了女王希波吕忒的腰带。	**10** 他偷走了拥有三头六臂的巨人革律翁的牛群。

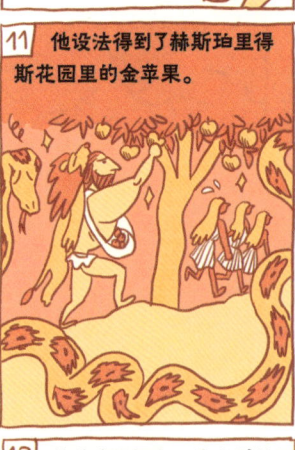

🌍 地理。据说,赫拉克勒斯在完成第十项任务的过程中,来到大西洋边的直布罗陀海峡,在这里竖起两根石柱,它们被称为"赫拉克勒斯石柱"。

虽然困难重重，但赫拉克勒斯仍然完成了这十二项任务，并继续创造着自己的辉煌战绩。

有一天，伊菲托斯怀疑赫拉克勒斯偷了牛。于是，赫拉克勒斯突然恼羞成怒，把伊菲托斯从高处推了下去。

啊啊啊

他悔恨至极，并再次出发去寻求德尔斐神庙的女祭司的帮助。

> 如要赎罪，你必须卖身为奴，在未来的三年里都要像奴隶一样活着。

买下赫拉克勒斯当奴隶的，是吕底亚的女王翁法勒。

> 好强壮的肌肉啊！

咻咻

> 去，把在我的王国里偷盗、强取豪夺的混蛋们都赶走吧！

> 来，做我最得力的侍卫骑士吧。

三年后,赫拉克勒斯重获自由,并再次上路,继续他的旅程。

在路上,他遇到了得伊阿涅拉,并娶她为妻。

你好啊!

之后,他们夫妻二人经过一条河流的时候,遇到了人马涅索斯。

这位可爱的女士可以骑在我的身上过河,这样她的衣服就不会被弄湿了。

你真是个好人!

啊哈,现在你就是我的了,美人儿!

赫拉克勒斯,快救我!他要把我拐走了!

你会为此付出代价的!

嗖——

临死之前,我告诉你一个秘密:我的血有神奇的魔力,会让你获得美好的爱情。取一些带走吧,你会用得上的!

神话:赫拉克勒斯所射箭的箭头曾经用勒拿湖中的毒蛇海德拉的血浸泡过,因此能把毒性带入伤者的血液中。

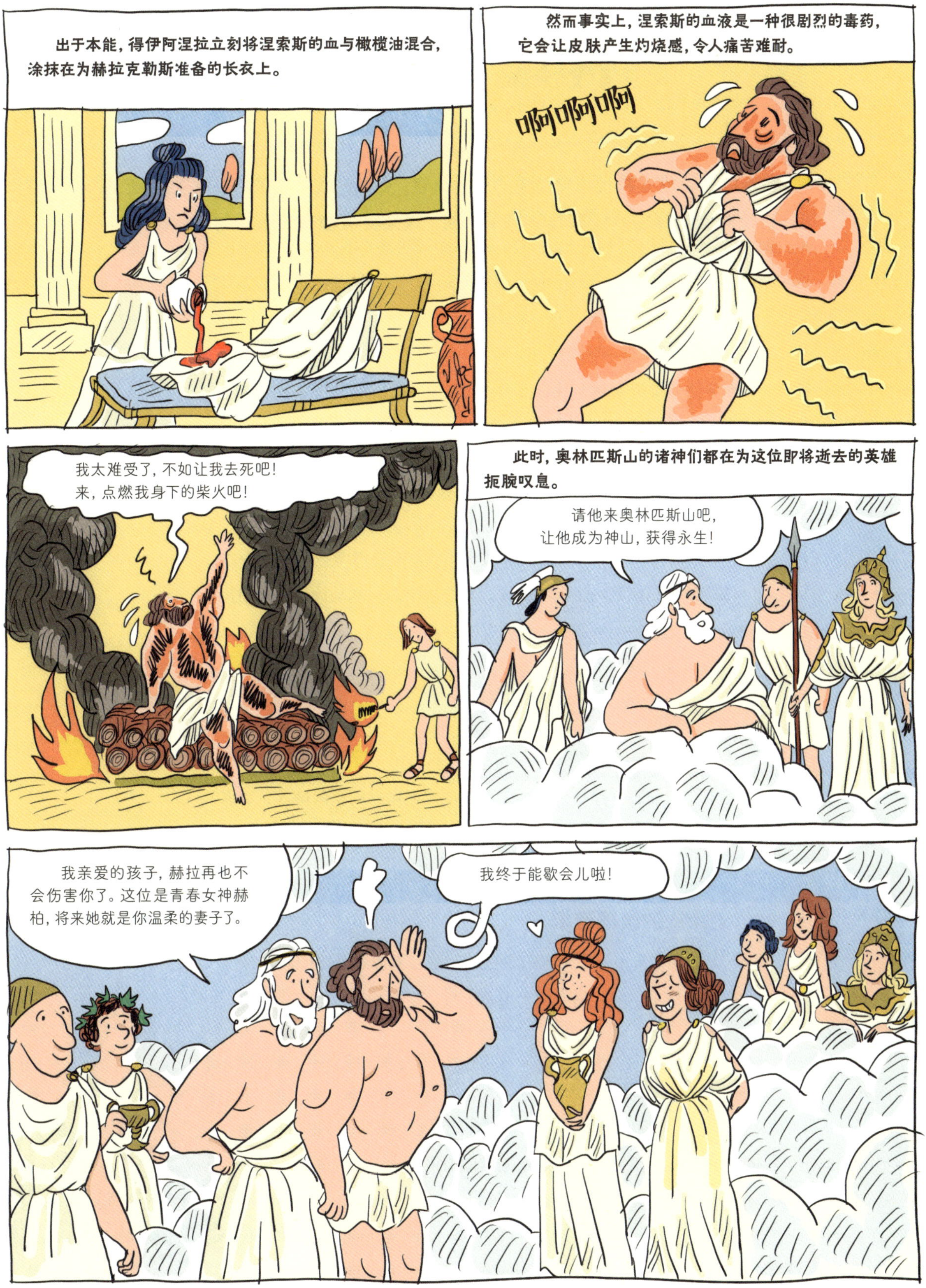

古代文明：现在，有多处神庙都供奉着赫拉克勒斯的雕像，比如位于意大利西西里岛阿格里琴托的赫拉克勒斯神庙。

神话小课堂

古希腊的英雄是神话与史诗中的主要角色，英雄们往往为了荣誉而战，甚至在面对死亡时会选择短暂但辉煌不朽的一生。这些英雄都有什么样的特质呢？

1. 半神血统

多数英雄是神与凡人的后代，如赫拉克勒斯是宙斯之子、阿喀琉斯的母亲是海洋女神忒提斯、珀尔修斯是宙斯与达那厄之子。

2. 超凡能力

赫拉克勒斯还是婴儿时就能徒手掐死巨蟒；阿喀琉斯刀枪不入（除脚踵），在战场上所向披靡；奥德修斯以"木马计"攻陷特洛伊城，用智慧逃脱独眼巨人波吕斐摩斯的囚禁……

3. 人性缺陷

英雄常因骄傲招致灾难。如阿伽门农自诩"狩猎技艺胜过阿尔忒弥斯"，触怒女神导致远征受阻；忒修斯抛弃阿里阿德涅，显露出人性的自私。

4. 对荣誉的执着追求

他们视荣誉高于生命。古希腊的运动会就源于英雄传说，赫拉克勒斯完成十二项任务，成为追求力量、耐力与勇气的终极标杆。

5. 与命运的抗争

英雄看似能自主选择，实则被命运牵引。普罗米修斯盗取火种反抗宙斯，西西弗斯永无止境地推石头上山，都是在与徒劳而悲壮的命运作对抗。

伊阿宋与金羊毛

伊阿宋是一位敢于冒险的勇士。他出海远行,去寻找传说中的金羊毛。在漫长而险象环生的旅途中,伊阿宋的阅历变得更加丰富了,他还遇到了无所畏惧的女魔法师——美狄亚。

> 你好,喀戎。是你想见我吗?

> 是的。你的父母把你托付给我,而我已经尽我所能把你养育大了。

人马,半人半马的生物

> 当年,你那无耻的叔叔珀利阿斯篡夺了你父亲的王位。现在你已经足够强大,能把王位夺回来了。

> 你说得对,是该我出马的时候了!

> 珀利阿斯,伊奥科斯城本应当属于我的家族。快把它还给我!

> 可以,但我有一个条件。就是你得先去科尔喀斯把金羊毛给我带回来。

> 没问题。谁愿意跟我一起去?

> 我!我!我!

卡斯托尔和波吕克斯
珀琉斯
赫拉克勒斯
俄耳甫斯
阿塔兰忒,唯一的女性
忒拉蒙

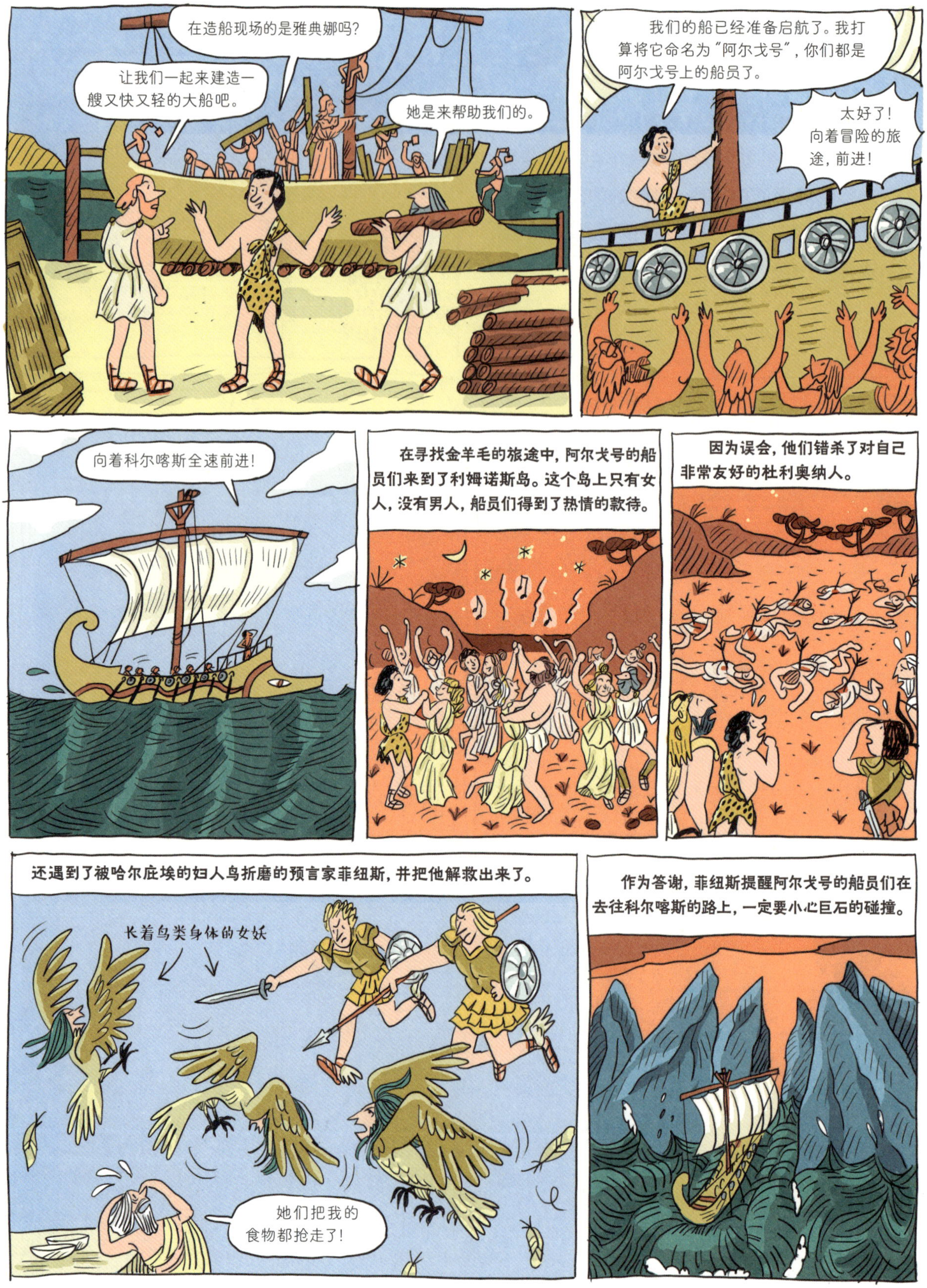

神话：伊阿宋把船命名为“阿尔戈号”，是为了纪念一位名叫阿尔戈斯的造船者。

到达科尔喀斯后,伊阿宋立刻去拜见了国王埃厄忒斯。 "我是来寻找金羊毛的。"	"珀利阿斯,真是一个厚颜无耻之人!他一定会后悔的。" "如果你能完成这个特别危险的任务,我就把金羊毛给你。"
国王提出的任务几乎不可能完成。然而埃厄忒斯的女儿美狄亚,早已对伊阿宋一片痴心。她在暗中协助伊阿宋。 "把这瓶神油带上吧。"	伊阿宋抹上神油,成功地驯服了两头喷火的公牛。他又驱使这两头牛犁地。
伊阿宋把龙牙播种在犁好的田地里。没多久,龙牙就长成了一个个巨人战士。	之后,伊阿宋把巨人战士全部消灭了。

神话:埃厄忒斯是太阳神赫利俄斯之子,也是巫术女神喀耳刻和克里特王后帕西法厄的兄弟。

艺术：1969年，女高音歌唱家玛丽亚·卡拉斯在皮埃尔·保罗·帕索里尼执导的影片《美狄亚》中出演女主角美狄亚。

返程时，伊阿宋一行人的旅途比去时更加艰险复杂。
科尔喀斯
黑海
欧洲
希腊
伊奥科斯
亚洲
塞壬
非洲
地中海
千万不要被塞壬的歌喉迷惑！她们总是用歌声让水手听得入迷，然后再把他们溺死。
人首鸟身，半妇半鸟
只要大家都全神贯注地听我发出的声音，就不会有危险。
幸亏有你在，俄耳甫斯！
好大的风暴！大浪正把我们往非洲大陆的岸边推去。
大家小心，咱们的船搁浅了！
砰
让我们一起把阿尔戈号抬到风平浪静的海面上吧。

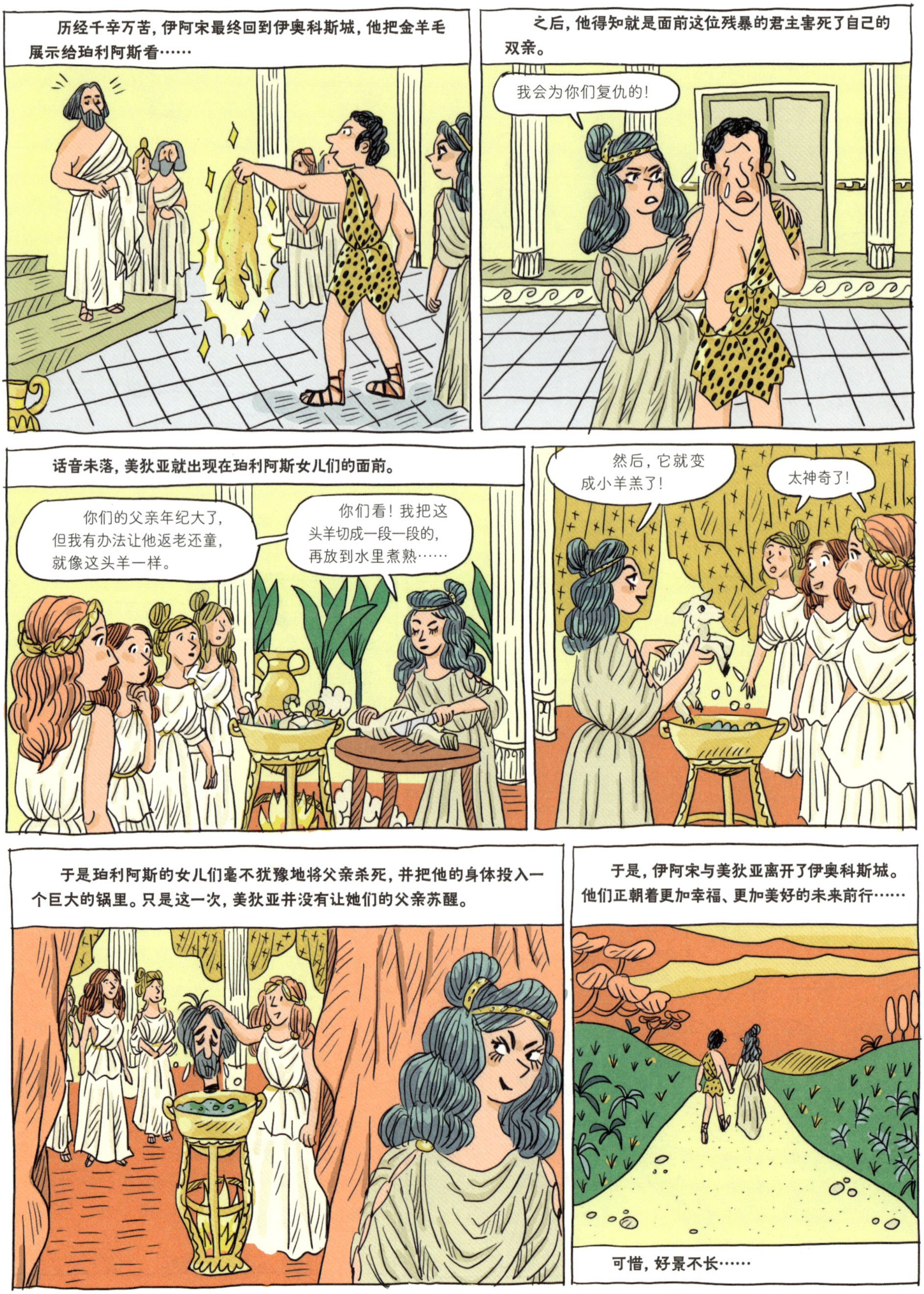

神话：后来，伊阿宋和美狄亚生了两个儿子。但美狄亚为了报复伊阿宋的不忠，疯狂地将两个儿子杀害了。

故事拓展

智取金羊毛：伊阿宋的冒险之旅

伊阿宋是一位以热衷冒险著称的英雄。他本来是伊奥科斯城邦的王子，叔叔珀利阿斯篡夺了他父亲的王位。为了保住伊阿宋的姓名，母亲阿凯美迪将他偷偷送走，交给半人马喀戎抚养长大。喀戎是克洛诺斯的儿子，他为人和善，富有智慧，不仅武艺高强，而且擅长音乐和医术，很多古希腊的英雄，如阿喀琉斯、珀耳修斯、忒修斯和赫拉克勒斯都是他的学生。

在喀戎的培养下，伊阿宋成了一位了不起的英雄。成年后，他回到故乡，要求叔叔归还王位。珀利阿斯自知理亏，又不是伊阿宋的对手，便无耻地编造了一个谎言。他说祖先曾给自己托梦，只要伊阿宋从科尔喀斯国王埃厄忒斯手中取回金羊毛，他就会把王位还给伊阿宋。

原来，伊阿宋的爷爷有个哥哥名叫阿塔玛斯。阿塔玛斯抛弃自己的妻子涅斐勒，娶了一个坏女人。这个坏女人想要害死涅斐勒的孩子。为了拯救自己的骨肉，涅斐勒便请求赫尔墨斯派出一只长着纯金羊毛、生着一对翅膀的公羊将孩子送到了科尔喀斯。科尔喀斯国王埃厄忒斯将公羊的肉献祭给宙斯，而羊毛则成了科尔喀斯的镇国之宝，成为人们心目中勇气、财富和冒险精神的象征。

伊阿宋知道埃厄忒斯决不会交出金羊毛，而且前往科尔喀斯的旅途中充满了未知的凶险，但他渴望通过得到金羊毛来证明自己，便答应了珀利阿斯的要求。

得知伊阿宋要去寻找金羊毛，众多大名鼎鼎的希腊英雄，包括赫拉克勒斯、忒修斯、俄耳甫斯等人都希望加入这场注定将被载入史册的探险之旅。他们一起登上一艘名为阿尔戈号的船，因此他们有了一个共同的称号——阿尔戈英雄。阿尔戈英雄中还有一位女英雄，她的名字叫阿塔兰忒。阿塔兰忒不仅有着美丽的容貌，还是一位百发百中的神箭手，而且跑起来速度和风一样快，真是当之无愧的女中豪杰。就连月神阿尔忒弥斯都羡慕阿塔兰忒的捕猎能力，和她成了好朋友。

阿尔戈英雄一路上经历了重重艰险，本书的漫画部分向大家讲述了这些故事，正是通过这些事迹，阿尔戈英雄们展现出了不屈不挠的意志和出众的勇气与智慧。从此以后，阿尔戈英雄就成了"敢于冒险"的代名词。

神话小课堂

在希腊神话中,怪物和神兽往往是自然力量、人性弱点或神权惩罚的象征。它们通常拥有骇人的外形与致命的能力,成为英雄成长的试金石。

美杜莎（别称：戈耳工三姐妹之一）

形象：满头毒蛇,双眼能将直视者化为石像,青铜利爪,口中有野猪般的獠牙。

神话背景：原为凡人之躯,因亵渎雅典娜神殿被诅咒成为怪物,后被珀尔修斯斩首。

刻耳柏洛斯（别称：地狱三头犬）

形象：拥有三颗狰狞的头颅,蛇尾龙鳞,脖颈缠绕毒蛇。

神话背景：守护冥界的入口,阻止亡灵逃脱与生者闯入。

斯芬克斯

形象：狮身人面,鹰翼蛇尾。

神话背景：赫拉派往忒拜的惩罚者,用谜语吞噬答错者。

奇美拉

形象：狮头、羊身、蛇尾,口喷烈焰。

神话背景：提丰与厄喀德那的后代,在吕基亚地区肆意妄为。

塞壬

形象：人首鸟身（或鱼身）,以歌声魅惑人。

神话背景：用歌声令人陷入癫狂,忘却归途与责任,最终船毁人亡。

俄耳甫斯和欧律狄刻

俄耳甫斯是具有美丽歌喉的缪斯女神卡利俄珀与色雷斯国王俄阿格罗斯的儿子。他生来就是一个具有非凡能力的音乐家。凡是聆听过他歌唱，或是欣赏过他演奏的人，都会被他的魅力征服。

俄耳甫斯边唱边演奏里拉琴，仙乐飘飘，悦耳动听。

由龟壳制成的里拉琴

动物们都被他的歌声和琴声迷住了，它们纷纷聚集在俄耳甫斯身边。树木也悄悄地朝着音乐声传来的方向微微弯曲。石头听到如此动人的音乐也黯然神伤，甚至流下了眼泪。

在一个晴朗的日子，俄耳甫斯遇到了最令人目眩神迷的仙女——欧律狄刻。

噢，黑夜中的太阳，你明媚的双眸如同阳光，照亮我的生命，温暖我跳动的心房。

多么美妙的歌声啊！

然而，他们刚刚结婚不久，幸福便戛然而止；欧律狄刻被毒蛇咬伤后，就再也没能醒过来。

神话：缪斯女神（Muse），主管艺术和科学，在古希腊神话中是艺术和灵感的象征。

艺术：俄耳甫斯的故事令后世很多艺术家都深受启发。让·考克多曾以这个神话故事为原型创作了一部戏剧（1926年），后来又拍摄了一部电影（1950年）。

故事拓展

爱与音乐的冥界之旅

　　俄耳甫斯的父亲是色雷斯国王俄阿格罗斯，母亲卡利俄帕是艺术女神缪斯之一。缪斯女神一共有九位，她们是希腊神话中主管艺术的神灵，任何人只要得到她们的青睐，就会文思泉涌，灵感迸发，她们绝对是大家写作文的好帮手。得益于父母优良的基因，俄耳甫斯成为一名举世无双的弹琴圣手。在后人的绘画和雕塑作品中，我们经常可以看到俄耳甫斯手持七弦琴，弹奏着美妙的乐曲，周围满是被琴声吸引来的动物，甚至连树木、石头都忍不住侧着身体，希望离那把七弦琴近点、再近点……

　　俄耳甫斯和他的妻子欧律狄刻非常恩爱，但命运却给他们开了一个残酷的玩笑。有一天，欧律狄刻在原野上奔跑时不幸踩到了一条毒蛇，被毒蛇咬伤，不久就去世了。俄耳甫斯痛不欲生，他决定到冥界去解救妻子。

　　冥界大门的守护者刻耳柏洛斯是一条长着三颗脑袋的恶犬，它会撕碎一切想要靠近冥界的人。然而俄耳甫斯并不慌张，他拨动琴弦，很快刻耳柏洛斯就在优美的琴声的抚慰下进入了梦乡。儿童小说《哈利·波特与魔法石》中，也有一条长着三颗脑袋的巨型犬，而且那条狗也会被琴声催眠，显然是借鉴了俄耳甫斯的故事。

　　漫画部分展示了俄耳普斯进入冥界救妻子欧狄律刻的经过，但终究没能成功。是什么原因导致了俄耳甫斯的悲剧呢？因为他违背了对冥王的承诺，而且对自己没有足够的信心。如果他遵守承诺，并且相信自己一定能带领妻子回到人间，相信妻子一定能跟上自己的步伐，这个故事的结局该有多美好啊。

　　在希腊神话中，死亡和冥界的法则往往具有绝对的权威，即使是神明也难以轻易改变。冥王哈迪斯和冥后珀耳塞福涅虽然被俄耳甫斯的音乐和真情打动，但他们提出的条件本身就暗示了冥界规则的严苛性。这种条件可能不仅仅是一个简单的考验，还是冥界法则的一部分，意味着任何违反的行为都会导致不可逆转的后果。

　　希腊神话中常常强调命运的不可抗拒性。即使俄耳甫斯成功带回了欧律狄刻，命运可能仍然会以其他方式干预，导致悲剧的发生。

从欧罗巴到米诺斯

欧罗巴公主被公牛拐走后就离开了腓尼基（位于亚洲），来到克里特岛（位于欧洲）。她在那里生下了未来的克里特国王——米诺斯。从出生的那一刻起，米诺斯的命运就与克里特文明紧密地联系在了一起。

> 姑娘们，咱们一起去海边采些鲜花回来吧。
>
> 好主意，欧罗巴。

> 你看，那儿有一头特别漂亮的白色公牛！
>
> 它看起来很温驯呢。

> 我骑在它身上也没问题。

> 天哪！它怎么突然站起来了？
>
> 快跳下来啊！

> 已经太晚了！

地理：宙斯将欧罗巴带到了爱琴海中的克里特岛上。这片大陆后来以她的名字命名为"欧罗巴"。

古代文明：为了纪念国王米诺斯，人们将古代克里特岛文明称为"米诺斯文明"。

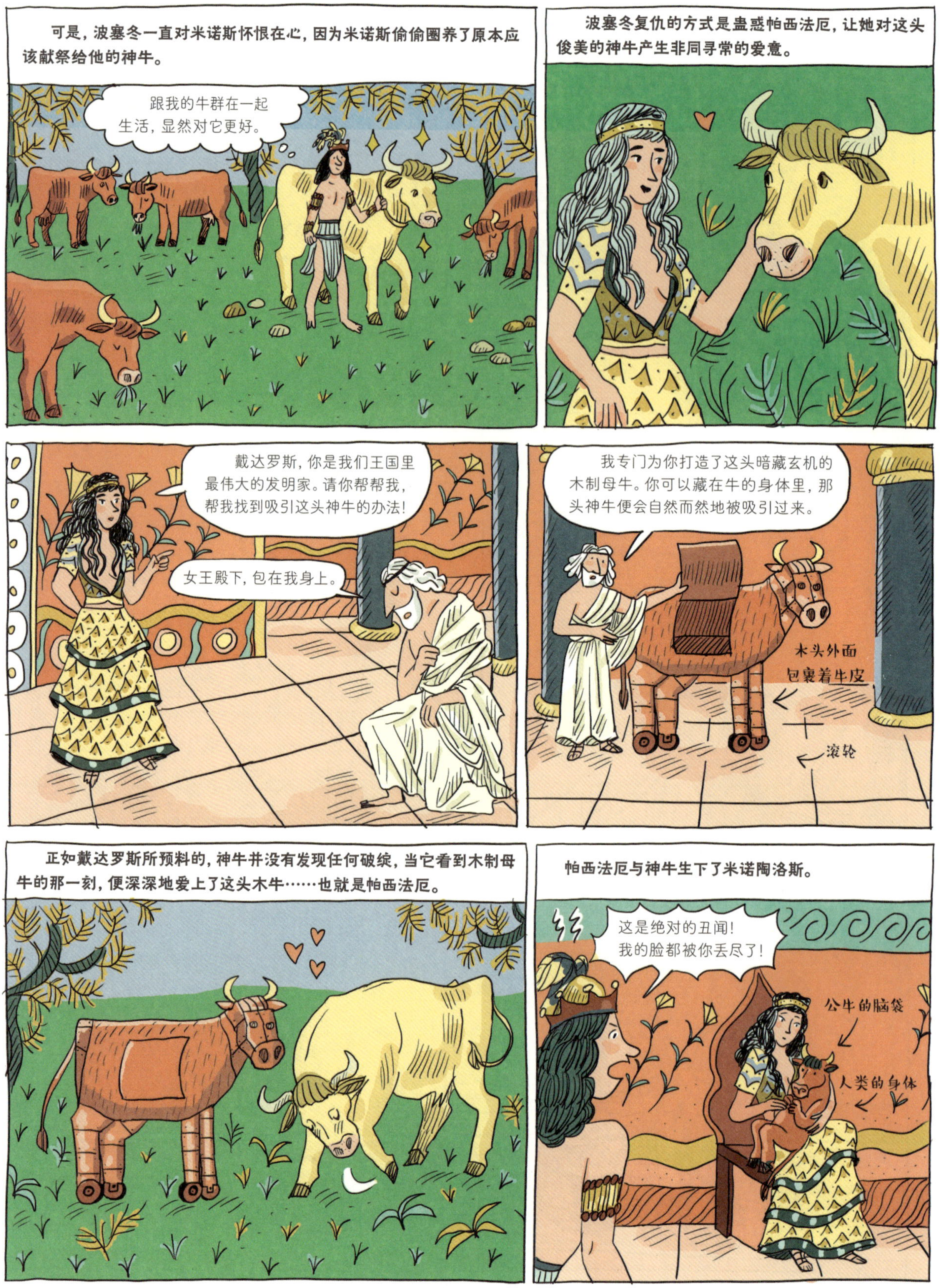

神话：戴达罗斯是一位天赋异禀的雕刻家、建筑师和发明家，是人类智慧的化身。

半人半牛的米诺陶洛斯是一种嗜血成性的生物，他必须依靠吃人肉才能活下去。

哞哞

戴达罗斯，我命令你建造一座最为严密的监狱，专门用来囚禁这头丢人现眼的怪兽。

国王殿下，包在我身上。

我把这片建筑物称为"迷宫"。弯曲的走廊错综相连，几乎不可能从里面走出去。

完美！

米诺斯会定期给米诺陶洛斯送去七对童男童女，作为他的食物。

他们的命运要么是在迷宫里再也找不到出路，要么就是被米诺陶洛斯吃掉！

语言：在法语中，迷宫（dédale）这个词就源于戴达罗斯的名字。

83

故事拓展

欧罗巴的传说：东方公主与欧洲的诞生

腓尼基是一个位于地中海东岸的古老王国，如果你翻开今天的世界地图，会在地中海东岸看到一个叫作叙利亚的国家，那就是腓尼基所在的位置。这个故事的主人公就是腓尼基的公主，一个叫欧罗巴的女孩。

欧罗巴天生丽质，宙斯见到她一眼就爱上了，但又怕赫拉吃醋，他就变成一头漂亮的公牛，趁着欧罗巴和小伙伴们在海边玩耍的时候来到了欧罗巴的身旁。女孩们从来没有见过这么漂亮的牛，纷纷凑过来和它玩耍。

宙斯见欧罗巴玩得兴起，便趴在欧罗巴身边，示意她爬到自己的背上。可当欧罗巴爬上牛背后，公牛一骨碌站了起来，飞快地朝着大海奔去。公牛在大海上如履平地，奔跑了一天一夜，直到第二天黎明时分，它终于踏上陆地，将欧罗巴放了下来。

宙斯现出原形柔声安慰欧罗巴，并且立下誓言，如果欧罗巴愿意嫁给自己，她脚下的这片土地就以欧罗巴的名字来命名。从此，欧罗巴脚下的这片土地就有了名字，即"欧罗巴洲"，也就是现在的欧洲。

为什么欧洲会以一位东方王国公主的名字命名呢？这背后可是有原因的。腓尼基位于亚洲、非洲和欧洲这三大洲的交界处，而且腓尼基人特别有商业头脑，他们频繁地往返于亚、非、欧三大洲进行商品买卖。通过遍及三大洲的贸易，腓尼基人不仅赚取了巨大的财富，还成了文化使者。他们将非洲和亚洲的商品带到希腊，也将一些更加先进的文明成果展示在希腊人的面前。希腊人从腓尼基人那里学到了阿拉伯人的数学知识、巴比伦人的天文学知识、埃及人的农业生产知识，并且在借鉴腓尼基文字的基础上创造了自己的文字。所以，正是腓尼基人将文明的火种带到了希腊，从此点燃了欧洲的文明之火。

那么，为什么宙斯偏偏要变成一头牛将欧罗巴带到欧

洲呢？因为牛是腓尼基人最重要的交通工具，他们就是驾着满载货物的牛车将先进的文明成果带到希腊，进而传播到欧洲的。腓尼基字母表的第一个字母是"𐤀"，你看，这不就是一个顶着大犄角的牛头吗？而大家熟悉的字母A其实就是将这个字母向右翻转了九十度。

不过，关于牛的故事并没有完。

宙斯和欧罗巴一共生下了三个孩子，老大叫米诺斯。米诺斯在海神波塞冬的帮助下，成了克里特岛的国王。为了报答波塞冬，米诺斯本该宰杀一头健壮的公牛作为供奉给波塞冬的祭品，可是小气的米诺斯却偷偷地用一头小牛替换了公牛。波塞冬勃然大怒，为了报复米诺斯，他施法让米诺斯的妻子帕西法厄爱上了那头被替换的公牛，并让她和公牛生下了一个牛头人身的儿子——米诺陶洛斯。

自己的妻子居然和牛生下了一个儿子，对米诺斯来说，这简直是奇耻大辱。更要命的是，米诺陶洛斯非常凶残，为了防止他为祸人间，米诺斯委托自己的好友、希腊最优秀的建筑师戴达罗斯修建了一座巨大的迷宫将米诺陶洛斯囚禁起来了。为了平息海神的愤怒和消除米诺陶洛斯带来的威胁，米诺斯要求雅典每年向克里特进贡七对童男童女，以供米诺陶洛斯食用。

为什么明明是米诺斯犯的错，却要让雅典人来承担后果呢？其实，这个神话形象地向我们讲解了克里特文明和希腊文明之间的关系。克里特是巴尔干半岛上的一座岛屿，也就是当初宙斯把欧罗巴驮到的那个地方。如果说希腊文明是欧洲文明的发源地，那么克里特岛就是希腊文明的发源地。在相当长的时间内，克里特岛上的希腊人都拥有比巴尔干半岛上的希腊人更为先进的文明，他们经常征讨巴尔干半岛，让以雅典为代表的各个城邦屈服于他们，并向他们供奉祭品。不过，随着巴尔干半岛上的希腊人越来越强大，他们也不愿意再受克里特岛上的希腊人的欺压，这就引出了雅典英雄忒修斯的故事。

神话小课堂

腓尼基人对希腊和欧洲文明的影响深远且多元，读完这个故事，想一想腓尼基人是如何影响希腊和欧洲文明的？

腓尼基人主要通过贸易、文字传播、技术交流以及文化融合等途径，成为连接古代东方文明与西方文明的桥梁。

文字：腓尼基字母被希腊人改造为希腊字母，简化后的文字高效实用，成为欧洲文字的基础。

技术：腓尼基人向希腊传播了埃及的农业技术、巴比伦的天文学等。

贸易网络：腓尼基商船和牛车构建了地中海贸易网，促进其物资与货币的流动。

忒修斯和米诺陶洛斯

忒修斯从小由母亲埃特拉抚养长大，一直没能生活在父亲雅典国王埃勾斯的身边。当忒修斯成年后，他决定回到父亲身边，并向他证明自己的能力和价值。于是，他自告奋勇去迎战米诺陶洛斯。

*为了纪念雅典娜而举办的运动会

古代文明：忒修斯是一位受雅典城居民拥护和爱戴的英雄。宏伟的提塞翁神庙中至今仍供奉着传说中的忒修斯遗骨。

忒修斯启航奔赴克里特岛……

当他来到国王米诺斯的王宫，遇到了阿里阿德涅公主。

> 好帅的小伙子！

年轻的公主对忒修斯一见钟情。

> 我全心全意地爱着你。
> 我也是，但我必须先去完成我的使命。
> 我不想失去你。

阿里阿德涅决定帮助他。

> 戴达罗斯曾经跟我说过如何从迷宫里走出来。
> 快告诉我！

> 你答应娶我，我就告诉你。
> 我答应你！

> 你拿着这个线团，一边走，一边放线。想要从迷宫里出来，只要跟着线走就行了。
> 好巧妙！

古代文明： 考古学家们在克里特岛的克诺索斯发现了一大片古代宫殿遗址。

88

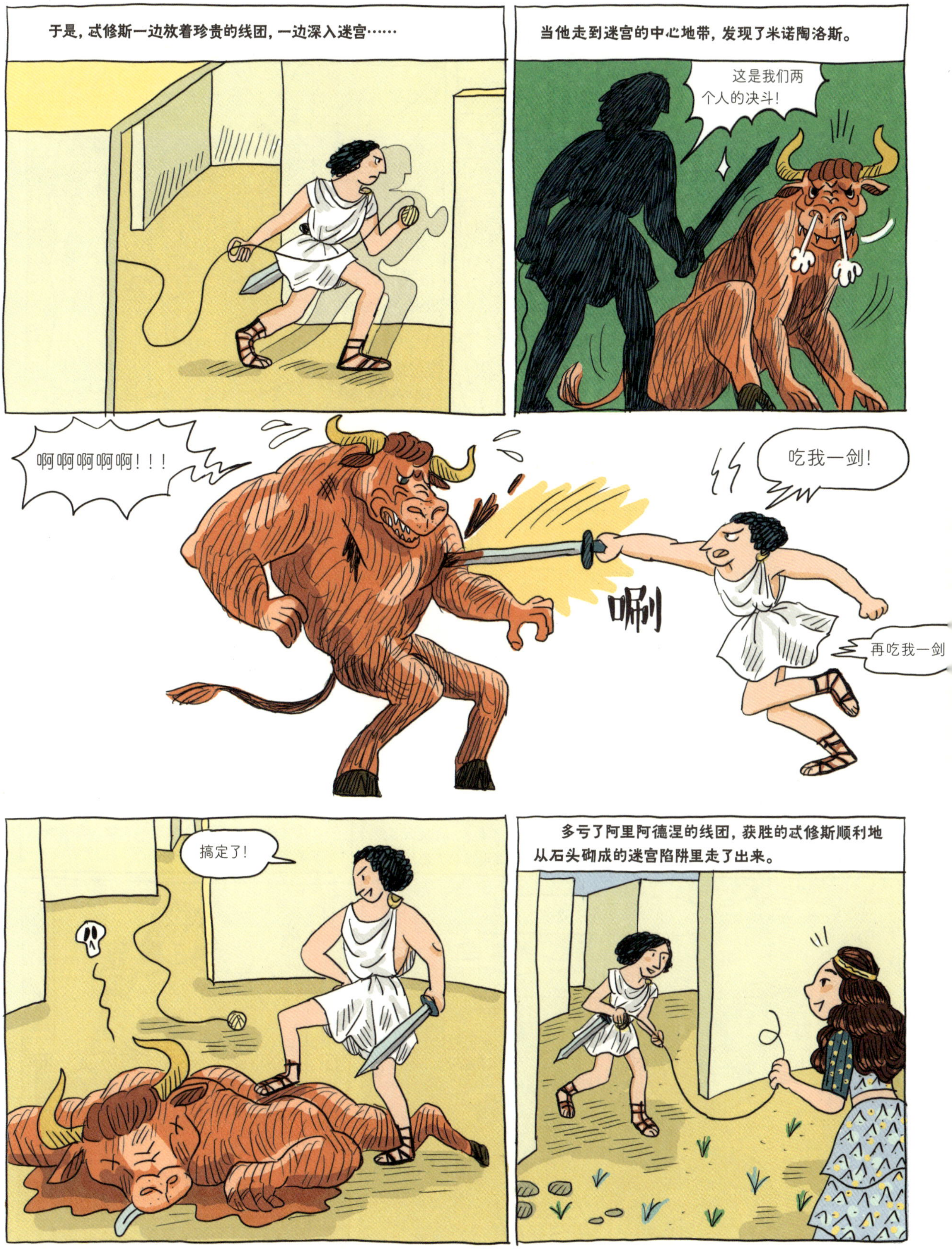

语言：俗语“跟着阿里阿德涅的线”，意思是“紧跟指引，以免迷失方向”。

米诺陶洛斯已经死了,再也不需要给他送去祭品了!

忒修斯万岁!

你是我们的大英雄!

启航,回雅典!

我太幸福了。

然而,阿里阿德涅的幸福转瞬即逝。船路过纳克索斯岛的时候,忒修斯把她一人丢下,头也不回地走了。

忒修斯,你究竟为何要如此背叛我?你真的爱过我吗?

英雄忒修斯循着返回雅典的航线继续航行。

父亲一定会以我为骄傲的!

不幸的是,忒修斯忘记在船上升起白帆了。

父亲埃勾斯望见是黑色船帆,以为儿子死了。伤心绝望之下,他跳入了大海。后来,人们将埃勾斯跳海的地方以他的名字命名,也就是著名的"爱琴海"

永别了,残酷的世界!

忒修斯继承了雅典国王的王位,继续着自己的冒险旅程。

神话:在另一个版本的神话故事里,阿里阿德涅得到酒神狄俄尼索斯的宠爱,并嫁给了他。而忒修斯则娶了阿里阿德涅的妹妹菲德拉为妻。

神话小课堂

爱琴海名字的由来

忒修斯是雅典国王埃勾斯的儿子，特洛曾国王庇透斯的外孙。他从小跟着外公和母亲长大，以大英雄赫拉克勒斯为偶像，学到了一身本领，是一位骁勇善战的英雄。

漫画部分展示了忒修斯前往克里特岛斩杀牛头怪米诺陶洛斯的过程，他最终顺利完成了诛杀怪兽、解救雅典人的英雄壮举。忒修斯兴高采烈地踏上了归途。然而，得意忘形的他居然忘记出发前与父亲的约定——将船上的黑帆换成白帆。

自从忒修斯出发后，埃勾斯每天都来到岸边，期盼儿子平安归来。这天，他终于看到了儿子的帆船，可定睛一看，船上挂着一面黑帆。想着儿子不幸身亡，老人悲痛欲绝，万念俱灰，纵身跃入了大海。

当忒修斯登上海岸，急切地寻找父亲时，却得知父亲因为自己的疏忽投海自尽了。这或许是人类历史上第一例"坑爹"事件了。

为了纪念忒修斯的父亲埃勾斯，人们便将埃勾斯自尽的那片海域以他的名字Aegeus命名，这就是爱琴海（Aegean Sea）名称的由来。今天，人们往往因为爱琴和爱情谐音，认为这片海域和爱情相关。其实，爱琴海的名称记录的并不是爱情，而是父子之情。

俄狄浦斯，被诅咒的一生

俄狄浦斯是底比斯国王拉俄伊斯和王后伊俄卡斯忒的儿子。他是希腊神话里最具悲剧色彩的英雄人物：不论如何努力，不论获得了多么伟大的成就，他都无法阻止不幸发生，无法摆脱自己悲惨的命运。

> 刚与伊俄卡斯忒新婚的拉俄伊斯来到德尔斐神庙，请求神谕。
>
> ——如果您生下了儿子，他将来会杀死自己的父亲，还会娶自己的母亲为妻。

> 虽然有非常恐怖的神谕警示，但伊俄卡斯忒还是怀孕了，并生下了一个男孩。
>
> ——啊，灾难！
> ——我们必须把这个孩子扔掉。

> 国王把刚刚诞生的婴儿绑在荒山中的一棵大树上遗弃了。
>
> 哇哇

> 一个路过的牧羊人把孩子救了下来……
>
> 哇哇

> 并把他带到科林斯。科林斯国王波吕珀斯和王后珀里玻亚没有孩子，便收养了俄狄浦斯。
>
> ——我们会像对待自己的孩子一样把他养大的。

> 古代文明：根据弗洛伊德的理论，每个孩子在童年时期都想过把双亲中与自己性别相同的那个除掉，并取而代之，再与双亲中的另一方结婚。他把这种理论称为"俄狄浦斯情结"。

俄狄浦斯就这样安然长大了。他对自己的身世一无所知。	直到他自己来到德尔斐神庙，请求神谕的那天……

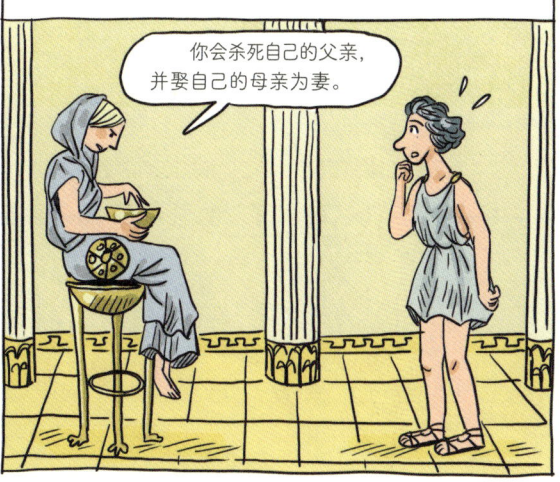

> 你会杀死自己的父亲，并娶自己的母亲为妻。

俄狄浦斯听后惊慌失措。他不希望神谕应验，因此决定立刻逃离科林斯。	但由于道路太窄，他被迎面而来的马车挡住了去路。

> 快闪开，给我让路！

> 不，你应该给我让路！

> 你知道我是谁吗？赶紧让开，不然我可要动手了！

> 那就试试看吧！

狂怒的俄狄浦斯跳下马车，与对方扭打在一起，可他下手过狠……

啪

对方被杀死了，而死者正是国王拉俄伊斯，俄狄浦斯的生父。

| 俄狄浦斯继续朝底比斯的方向赶路。 | 在路上，他得知进入底比斯的入口被凶残的斯芬克斯*把守着。 |

* 狮身人面兽

如果回答不出斯芬克斯的谜语，过路者便会被它吞噬。

→ 鸟的翅膀
→ 狮子的身体
女性的头和脸

"早晨四条腿，中午两条腿，晚上三条腿，这是什么生物？"

"是人类。婴儿时期手脚并用爬行，成年后用两条腿行走，人老了则需要借助拐杖行走。"

| 这个精妙的回答让斯芬克斯恼怒万分，于是它飞身跳下悬崖…… | 俄狄浦斯终于可以作为胜利者进入底比斯城了。 |

"欢呼！俄狄浦斯万岁！"

🌍 地理：在古希腊时代，底比斯与雅典、斯巴达和科林斯是最主要的四大城邦。

艺术：《俄狄浦斯和斯芬克斯》（1808年），是法国画家安格尔创作的著名油画作品。

故事拓展

挣扎与惩罚：俄狄浦斯与命运的抗争

俄狄浦斯是底比斯国王拉伊俄斯和王后伊俄卡斯忒的儿子。按照阿波罗的预言，这个儿子长大之后命中注定会杀父娶母。于是，拉伊俄斯命令仆人将儿子的脚踝刺穿，用绳子绑住，然后将他丢弃在荒野中。

可是这孩子命大，被一位路过的牧羊人救下，交给了科林斯的国王波吕珀斯。波吕珀斯一直没有子嗣，不仅把这个孩子视为己出，还给他取名为"俄狄浦斯"。因为这个孩子被发现时两只脚踝被绳索紧紧地绑在一起，勒出了一道无法褪去的红色印记。而俄狄浦斯（Oedipus）这个词在希腊语中也有"脚踝很疼的人"的意思。

在科林斯，俄狄浦斯过着幸福的生活，逐渐成长为一位俊朗的青年。然而，一次偶然的机会，他得知了自己命中注定会杀父娶母。为了逃避这个厄运，俄狄浦斯决定离开科林斯，前往邻国底比斯。在逃离的路上，他在一条狭窄的山路上遇到了一伙路人，双方因为谁该给谁让路的问题产生了冲突。在打斗中，俄狄浦斯失手杀死了对方领头的一位老人，而这位老人正是自己的父亲拉伊俄斯。

拉伊俄斯怎么跑到科林斯来了？因为此时的忒拜正在经历一场灾难，一个叫作斯芬克斯的妖怪盘踞在忒拜城。斯芬克斯原本是埃及神话里的一个神兽，它长着人的脑袋，却有着狮子的身体。金字塔旁著名的狮身人面像就是斯芬克斯的雕像。斯芬克斯的形象被传播到希腊后，摇身一变成为一只妖兽，因为它专门以人为食物。而且在吃人之前它还会让人猜一个谜语："什么动物，早晨四条腿，中午两条腿，晚上三条腿？"如果你猜不出来，就会被它一口吞掉。斯芬克斯的到来把忒拜的老百姓害惨了，大家吓得连门都不敢出。为了拯救百姓，拉伊俄斯便离开忒拜，希望寻找一个武艺高强的英雄除掉斯芬克斯。结果，除掉妖怪的英雄还没找到，他就在路上被自己的儿子失手打死了。

俄狄浦斯刚来到底比斯，就撞见了斯芬克斯。斯芬克斯兴冲冲地扑了过来，对俄狄浦斯说道："喂，过路的，猜个谜语吧！"

俄狄浦斯听完谜面，低头略加思索，就斩钉截铁地说出了答案——人。可不是吗？人类刚出生，也就是处于一生中清晨的时候，还不会直立行走，只能手足并用在地上爬，不就是四条腿吗？当一个人长大了当然是用两条腿走路喽。但是，当人处于年老体衰的暮年之时，就会拿一根拐棍来支撑身体。两条腿加一根拐棍，不正是三条腿吗？

斯芬克斯听到答案后，羞愧难当，立即结束了自己的生命。底比斯的人民欢呼雀跃，决定让俄狄浦斯当国王。于是，俄狄浦斯成了底比斯的新国王。按照希腊的传统，新国王可以继承老国王的一切，包括老国王的妻子。于是，俄狄浦斯娶了王后伊俄卡斯忒，也就是他的母亲。

紧接着，一场可怕的瘟疫开始在底比斯城肆虐，俄狄浦斯让先知忒瑞西阿斯求来了神谕。神谕说这是因为自己杀死父亲，又娶了自己的母亲，惹得上天震怒了。俄狄浦斯得知真相后，无法面对这个残酷的现实，他取下伊俄卡斯忒的胸针，刺进了自己的双眼，以此作为对自己罪行的惩罚。然后，他自我放逐，离开了底比斯，开始了漫长的流浪生活。

难道真的有无法逃避的命运吗？当然没有。科学和知识尚未控制的领域往往就是迷信盛行的地方。在古代，由于人们没有掌握足够的科学知识，所以往往会相信"命运"之类的东西。但是在今天，我们已经完全相信自己能够创造属于自己的命运，追求自己理想的生活。

阿喀琉斯之踵

阿喀琉斯是一位典型的古希腊英雄：他强壮有力，勇敢无畏。比起漫长而平淡的生活，他更想要短暂但辉煌的一生。他是海洋女神忒提斯和佛提亚国王珀琉斯的儿子。尽管父母总为他的安全担忧，但阿喀琉斯依然选择与武器为伴。

> 咱们的儿子是不是特别优秀？

> 但可惜的是，他只是个凡人，并没有不死之身。

> 我有个主意：我想让他在环绕冥界的冥河神水里浸泡一下，这样他就会变得战无不胜了。

忒提斯抓着阿喀琉斯的脚踝，让他在冥河水里沐浴。

因为脚踝并没有浸入冥河水，后来，这就成了他身上唯一的弱点。

阿喀琉斯的父母给他请了最好的导师——人马喀戎。

> 今天上午，咱们来学习医药知识。

> 下午是骑术课和武器操练课。

> 太棒了，我最喜欢骑马打猎了！

神话：喀戎是唯一一位友善的人马。他以渊博的学识和出众的智慧而闻名，是很多位古希腊英雄的导师。

忒提斯和珀琉斯实在是太爱儿子了。特洛伊战争爆发后，他们决定不让儿子上战场。

阿喀琉斯，穿上这条裙子，再戴上这顶红色假发……

去跟国王吕科墨德斯的女儿们生活在一起，把自己藏起来吧。

但先知卡尔卡斯曾经预言，如果希腊人没有阿喀琉斯的帮助，就无法取得战争的胜利。于是，奥德修斯下定决心要找到阿喀琉斯。

忒提斯，你的儿子在哪里？

我不知道。

奥德修斯循着线索，找到了阿喀琉斯的踪迹。他假扮成商贩，出现在吕科墨德斯的王宫里。

小姐们，早上好。我这里有华丽的布匹，还有珠宝、香水，以及很多别的好东西。

我想要这把剑和这块盾！

啊哈！可算找到你了，阿喀琉斯！

你应该与勇士们在一起，你属于希腊军队！

我跟定你了！

神话小课堂

阿喀琉斯的身体刀枪不入，但脚踝是他全身唯一的弱点。现在，人们常用"阿喀琉斯之踵"指一个人或事物的致命弱点。想一想，阿喀琉斯的弱点是否让他成为一个更真实、更有深度的角色？

角色的真实感源于缺陷，而非完美。古希腊神话中的英雄（如赫拉克勒斯、忒修斯）往往兼具非凡的神力与人性的弱点。

阿喀琉斯的脚踝打破了他"无敌"的假象，也暗示绝对的完美是不存在的，英雄的伟大恰恰在于直面缺陷的勇气。如果没有脚踝的脆弱，阿喀琉斯仅是"无敌战神"；但正因这一个弱点，他的死亡便成就了永恒的史诗。

特洛伊战争

特洛伊战争因"纷争之果"和海伦被拐而起。这次战争让希腊人走到了特洛伊人的对立面。在战争持续的十年间，众多英雄人物狭路相逢，其中就包括希腊英雄阿喀琉斯与特洛伊英雄赫克托耳。

嘿，你好啊，厄里斯！你是去参加珀琉斯和忒提斯的婚礼吗？

不，他们并没有邀请我。

但我还是为他们准备了一份小礼物。

哦，是一颗金苹果！这上面还刻着一行字"献给最美丽的人"。

是我的苹果！

苹果是我的！

苹果应该归我！

赫拉

雅典娜

阿佛洛狄忒

别抢了！

我可不想跟你们搅和在一起。赫尔墨斯，传话下去，请凡人里最帅的小伙儿来裁决吧！

> 语言：俗语"成了纷争之果"，意思就是"成了有争议的话题"。

101

这是特洛伊国王普里阿摩斯和王后赫卡柏的儿子——帕里斯。
把金苹果给我吧，我会让你成为最强大的国王。
给我吧，我会让你战功显赫。
把金苹果给我，我会让世界上最美的女子爱上你。
我决定了，我要把金苹果给阿佛洛狄忒。
谢谢你。作为交换，我把海伦的真心交给你，她是世间最美的女子。
可是，海伦已经嫁给斯巴达国王墨涅拉奥斯了。
这不重要。
于是，帕里斯来到斯巴达。他与海伦一见钟情。
你愿意跟我一起生活吗？
我做梦都想跟你在一起。
那就跟我一起回特洛伊吧！
好的。

103

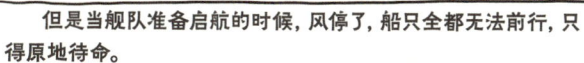

希腊军队大举进攻，让这个地区几乎成为废墟……
大军始终没能攻破特洛伊的城门，城内的特洛伊人一直在坚持抵抗。
从阿喀琉斯退出战斗的那一刻起，对于希腊人来说，战局急转直下。
朋友，你到底怎么了？
帕特洛克罗斯，我太生气了：阿伽门农把我美丽的女奴布里塞伊斯给掳走了。
可是没有你，这场仗就输定了。把你的头盔和武器给我，假装你还在战场上。
拿去吧。
帕特洛克罗斯一度占据优势……
呀！
但帕里斯的兄长，赫克托尔，给了他致命一击。
唰

啊啊啊！我要为你复仇，帕特洛克罗斯！

怒发冲冠的阿喀琉斯重新披挂上阵，杀死了赫克托尔。

之后，他还把赫克托尔的尸体绑在自己的战车后，拖行数日。

好残忍！

毫无人性！

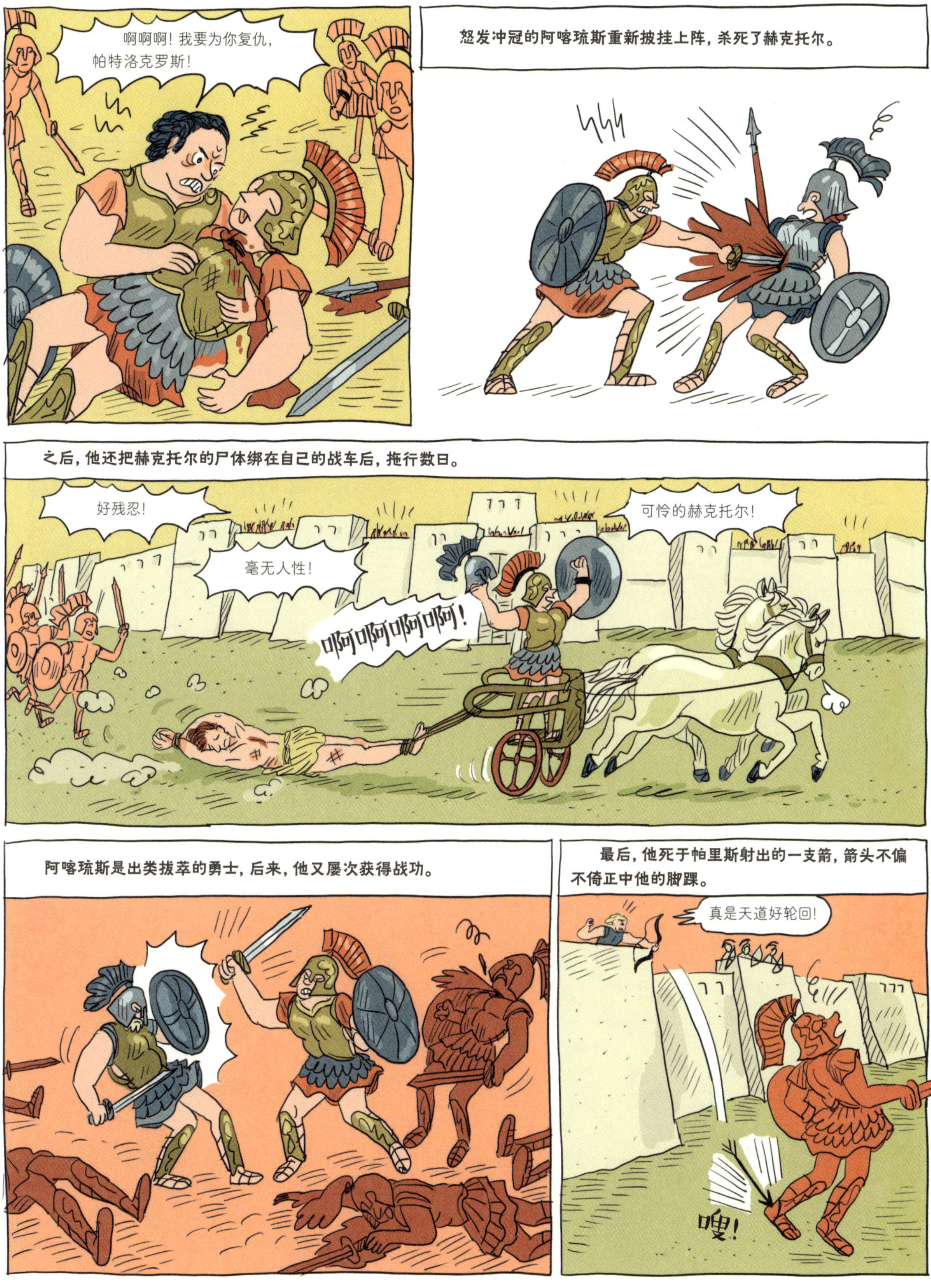

啊呵呵呵呵！

可怜的赫克托尔！

阿喀琉斯是出类拔萃的勇士，后来，他又屡次获得战功。

最后，他死于帕里斯射出的一支箭，箭头不偏不倚正中他的脚踝。

真是天道好轮回！

嗖！

> 语言：俗语"了解某人的阿喀琉斯之踵"，意思是"了解某人的弱点"。

咱们围困特洛伊城已经十年了。是时候做个了结了!

你有什么计划吗,奥德修斯?

当然!咱们的大部队假装撤退,同时让一小队人马藏在这匹巨大的木马里。

这匹木马是送给特洛伊人求和的礼物,所以他们一定会打开城门把木马拉进城里。

当夜幕降临,藏在木马里的小队人马就可以从木马里出来,悄悄地打开城门,让城外的大部队进入。

正如奥德修斯说的那样,他的计划顺利地进行着。希腊人终于征服了特洛伊,并把那里洗劫一空。

而墨涅拉奥斯也如愿找到了海伦,带着她一起回家了。

走,咱们回家!

古代文明: 这个神话故事源自一个真实的历史事件:特洛伊(在今土耳其)很可能在公元前1200年左右遭到了攻打。

故事拓展

命运之果与智慧之马：
特洛伊战争的史诗传奇

金苹果惹起的事端

这则故事讲到了特洛伊战争。在这场战争中，巴尔干半岛的希腊城邦组成了一支多达十万人的联军，围攻位于小亚细亚，也就是今天的地中海东岸的王国特洛伊长达十年之久。在这场战争中，无数的英雄牺牲了。谁能想到，这么一场旷日持久的战争居然是由一颗苹果所引发的。

阿喀琉斯的父母举办婚礼时邀请了所有的神灵，但为了避免晦气，唯独没有邀请不和女神厄里斯。厄里斯怀恨在心，便不请自来，还假惺惺地送上礼物——一颗上面刻着"献给最美丽的人"字样的金苹果。在场的三位最高贵且最美丽的女神赫拉、雅典娜和阿佛洛狄忒为了这个金苹果争执不休，于是天神宙斯让凡间最俊秀的男子——特洛伊王子帕里斯来作评判。

为了获得金苹果，三位女神各施所长，分别向帕里斯开出了诱人的条件。天后赫拉位高权重，承诺让他统治世界上最强大的国家；智慧女神雅典娜愿意赐给他智慧和力量，让他成为最有智慧的将领；爱神阿佛洛狄忒则许诺让世界上最漂亮的女子做他的妻子。经过权衡后，帕里斯将金苹果判给了阿佛洛狄忒。这一决定激怒了赫拉和雅典娜，她们决心向帕里斯、他的父亲和特洛伊的所有人实施报复。

在阿佛洛狄忒的帮助下，帕里斯拐走了斯巴达的王后海伦。气急败坏的斯巴达国王邀请其他城邦一起讨伐特洛伊，而这些城邦早就对特洛伊的财富垂涎三尺了。于是，特洛伊战争爆发了。

你或许会奇怪，为什么帕里斯会将金苹果判给阿佛洛狄忒呢？其实，这个神话通过帕里斯的选择解释了古代希腊人的性格。古希腊人很早就开始了远洋贸易，他们驾驶着小船，奔波于地中海的惊涛骇浪之中，往返于亚非欧三地进行远洋贸易。大海上隐藏着无

数的危机，这种朝不保夕的生活也养成了古希腊人今朝有酒今朝醉、及时行乐的性格。相比于赫拉和雅典娜的承诺，阿佛洛狄忒许诺的爱情显然来得更简单、更快捷，也就更合古希腊人的心意了。

启航并不顺利

特洛伊地处地中海东岸，位于今天的土耳其共和国。希腊人聚集了一支多达十万人的联军，推选迈锡尼的国王阿伽门农为统帅，浩浩荡荡地来到海边，准备乘船横渡爱琴海，攻打特洛伊。谁知，就在他们准备登船时，海面上的风突然停了下来，帆船失去了动力，根本无法驶向大海。

阿伽门农连忙命令随军祭司卡尔卡斯去向神灵询问海风消失的原因。原来，阿伽门农在一次狩猎中射死了月神阿尔忒弥斯宠爱的一只小鹿。愤怒的阿尔忒弥斯表示，除非阿伽门农杀死自己的女儿伊菲革涅亚，将她献祭给自己，否则希腊人的战船永远别想出海。

狠毒自私的阿伽门农一心想着去掠夺特洛伊的财富，压根不在乎女儿的性命。他给妻子克吕泰涅斯特拉写信，谎称要将伊菲革涅亚许配给阿喀琉斯，让妻子赶紧将女儿送来。

当伊菲革涅亚在母亲和弟弟的陪伴下走进父亲的营帐时，才知道父亲真正的用意。阿喀琉斯爱上了伊菲革涅亚，想要誓死保护她。可伊菲革涅亚表现出令人敬佩的镇定与大度，为了让希腊人赢得这场战争，她决定牺牲自己。

这篇神话也记录了一个残忍的历史真相。在古代的一些宗教仪式中，古人认为通过献祭子女可以表达对神灵的忠诚和信仰。随着人类文明的进步，这种违背基本人伦的行为也逐渐消失在了历史的长河中。

阿喀琉斯之死

阿伽门农在战场上又惹事端了。好色的他居然掠走了阿喀琉斯最宠爱的女仆。阿喀琉斯一怒之下，退出了战斗，发誓再也不为阿伽门农效力了。

这下，希腊人可倒霉了。在特洛伊战场上有两位最伟大的英雄，一位是阿喀琉斯，另一位叫赫克托尔。而赫克托尔正是帕里斯的亲哥哥，特洛伊王国的大王子。

在赫克托尔的带领下，特洛伊人将希腊军队打得丢盔弃甲，狼狈不堪。阿喀琉斯不愿意看到战友受到屠戮，又碍于誓言不能参战。于是，他找到好朋友帕特洛克罗斯，让他穿上自己的铠甲，拿上自己的武器，假扮成自己加入战争，试图激起士兵们的斗志。

可是，帕特洛克罗斯惨死在赫克托尔的枪下。为了给好友报仇，阿喀琉斯重新披挂上阵，并且亲手杀死了赫克托尔。

在阿喀琉斯来到特洛伊之前，阿波罗曾告诉他千万不能杀死赫克托尔，因为命运之神吐露了一个秘密，一旦杀死了赫克托尔，阿喀琉斯也会死在特洛伊的战场上。果然，不久之后，阿喀琉斯就被帕里斯一箭射中脚踝，从此长眠在特洛伊的土地上。

为什么阿喀琉斯明知杀死赫克托尔会让自己也丢掉性命，却依然要这样做呢？难道他不怕死吗？当然不是。他杀死赫克托尔一方面是为了报仇，另一方面也是为了证明自己才是希腊最伟大的英雄，而这正是他毕生追求的目标。

木马计

希腊联军和特洛伊都失去了自己最伟大的英雄，双方陷入了持久战。可毕竟希腊联军是劳师动众远征而来，再这样僵持下去，迟早会被特洛伊拖入困局。

这时，一个足智多谋的英雄站了出来，他就是奥德修斯。

奥德修斯想出了"木马计"。他命人制作了一个巨大的木马，将精锐的战士藏在木马中，然后让希腊联军伴装撤退，只在特洛伊的城墙外留下了这只木马。

第二天早上，当特洛伊人准备开始新的一天的战斗时，却发现城墙外没了希腊联军的踪影，只剩下一只巨大的木马。他们欣喜若狂，认为已经赶走了希腊人，欢天喜地地将这只木马拖进了城内。

夜幕降临之后，隐藏在木马内的希腊士兵打开城门，埋伏在外的希腊大军一拥而入，杀入城内，攻破了特洛伊城。从此之后，人们就用"特洛伊木马"来比喻那些看似无害却隐藏着危险的陷阱与阴谋的事物。

如果你想了解更多关于特洛伊战争的故事，可以去看看古希腊诗人荷马写的史诗《伊利亚特》，我们现在知道的关于特洛伊战争的故事，都是从这本书里获得的。

奥德修斯历险记

成功攻破特洛伊城后，取得胜利的希腊人便启程返回家乡。奥德修斯扬起风帆，向着伊塔卡岛驶去。他就是伊塔卡国王，妻子珀涅罗珀和儿子特勒马科斯正等着他凯旋。然而，这条回家的路，他走了十年，一路上遭遇了许许多多的波折和坎坷。

呼！我们刚好躲过了喀孔涅斯勇士们投出的长枪。

也没有被食莲人赠送的甜蜜"忘忧果"所迷惑。

看右边，发现一座小岛！

太棒了，那咱们就靠岸上岛，让大家做些补给，休整一下吧。

奥德修斯和他的伙伴们发现了一个洞穴，并且在那里遇到了波塞冬的儿子——独眼巨人波吕斐摩斯。

我要把你们都吃了！

一只眼睛

奥德修斯和伙伴们把独眼巨人的眼睛戳伤了，从而成功逃脱。

啊啊啊啊！

父亲，你要好好地惩罚他们！

包在我身上，我一定会为你报仇！

神话：生活在大约公元前750年的诗人荷马汇编创作了两部史诗巨作，一部是讲述特洛伊之战的《伊利亚特》，另一部是记述奥德修斯历险故事的《奥德赛》。

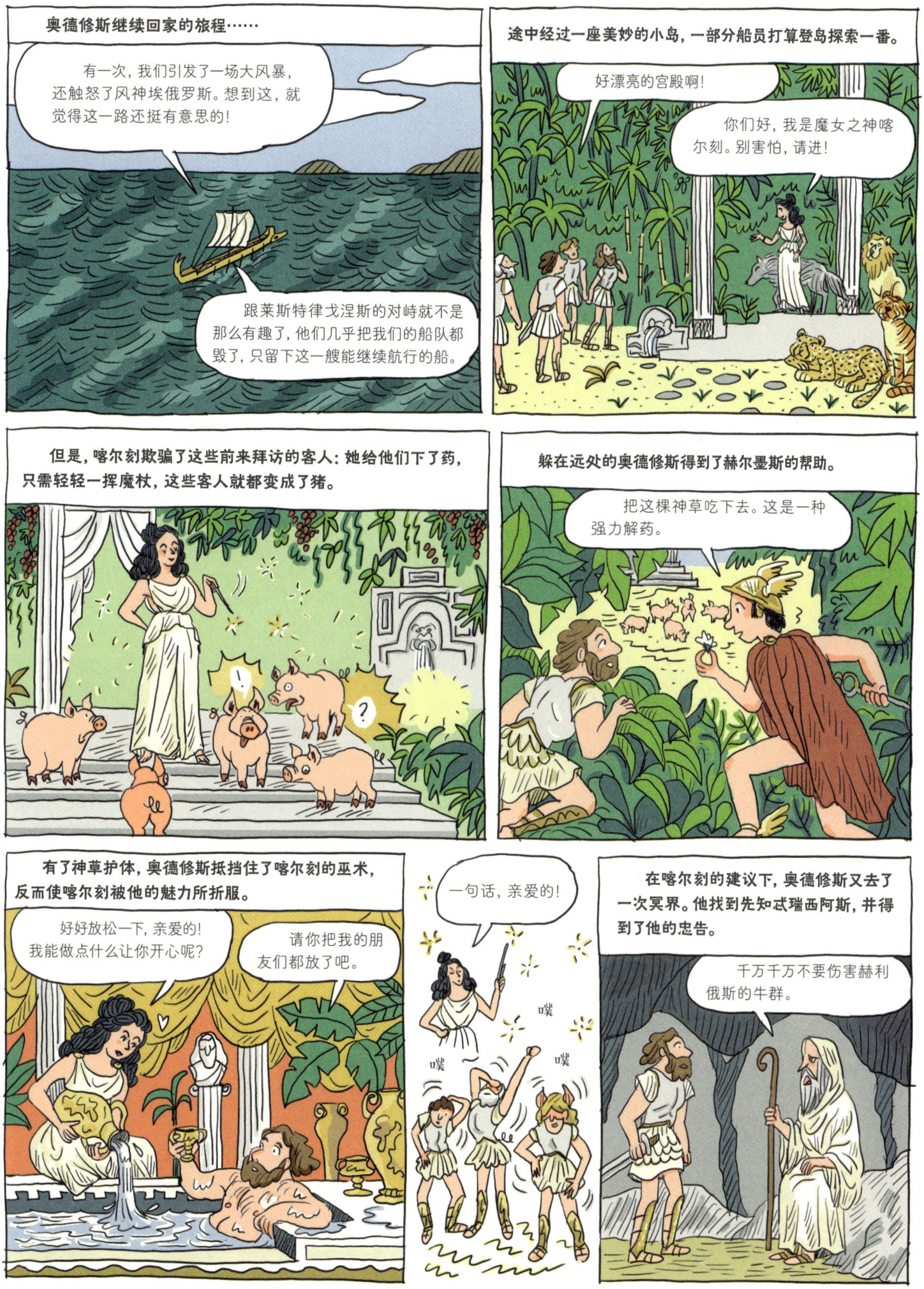

地理：位于意大利西西里岛附近的埃奥利群岛，得名于传说中曾在岛上居住的风神埃俄罗斯。

事不宜迟，奥德修斯和他的船员们立刻重新启航。

看，左边，是塞壬岛！

要小心，塞壬会用她们的美色和歌声迷惑我们，然后再把我们吃掉。让大家用蜡把耳朵堵上。

而我要直面塞壬的诱惑，不过请你们把我绑在桅杆上！

多么美妙的歌声啊！我求求你们，把我放开吧，我要跟塞壬们在一起！

幸亏我们把他绑起来了。

躲过了塞壬这一关，奥德修斯和伙伴们又成功地逃过了两个海妖的阻击。

斯库拉，长着六个头的可怕海妖

卡律布狄斯，翻腾起的漩涡

随后，他们就看到了赫利俄斯放养牛群的小岛。

奥德修斯，我们都快饿瘪了！

任何人都不准动太阳神的牛群。

不幸的是，有几个水手没有遵守禁令……

啊呜，啊呜，好吃！

再来一串吗？

从而触怒了获得宙斯支持的赫利俄斯。

沉没吧，奥德修斯的船！

咔咔　咔咔

神话：中世纪时，塞壬的形象发生了巨大变化，变成了长着鱼尾的年轻貌美的女子。

112

船沉了，奥德修斯是唯一的幸存者。他被仙女卡吕普索收留了。"让我来照顾你吧。"	卡吕普索爱上了奥德修斯，并强行把他留在身边。"我们两个在一起，不好吗？" "也行吧。"

七年以后，奥德修斯好不容易离开小岛，坐着小木筏再次启航。然而，海神波塞冬可没有忘记他。"嘿，来一场风暴吧！"	奇迹发生了，奥德修斯又一次活了下来。他的小木筏搁浅在费埃克斯人的岛屿岸边。"我是瑙西卡娅，阿尔基诺奥斯的女儿。欢迎你！"	奥德修斯重新振作起来。善良的阿尔基诺奥斯国王派船把他送回了阔别已久的伊塔卡岛。"噢！终于回到属于我的土地了，太高兴了！"

刚回去，奥德修斯就发现有叛徒企图篡夺他的王位。于是，他把叛徒们都杀了。"卑鄙无耻的家伙，这是你们应得的！"	奥德修斯夺回了属于自己的王宫，并与妻子珀涅罗珀和儿子特勒马科斯重新团聚。"能见到你活着回来，真是太开心了！" "我们都想死你了！"

> 神话：珀涅罗珀答应只要完成布匹的纺织，就嫁给前来求婚的人。然而，她对奥德修斯忠贞不渝，并不想嫁给其他人。于是，她白天织布，晚上拆布，就这么周而复始地织着永远不会完成的布匹。

113

故事拓展

智慧、友情与信念：
奥德修斯的十年归乡路

这则故事的主人公就是那位用计在一群女孩中识别出男扮女装的阿喀琉斯、并且想出了木马计的奥德修斯。

奥德修斯是一个典型的智多星，无论是在平时的生活中，还是在特洛伊战场上，他都显示出自己足智多谋的一面。而最能体现他这种个性的，就是他离开特洛伊战场后的归家之旅。

要想从地处亚洲的特洛伊回到希腊，必须横渡爱琴海。这一路他历经了千辛万苦，足足用了十年才回到家乡。在漫画里，大家已经看到了不少有关他的冒险故事。而他战胜这些苦难使用了三件最得力的"武器"，不知道大家发现了没有？

（一）智慧

在返航途中，奥德修斯和他的同伴们迷失了方向，来到了一个被很多独眼巨人霸占的小岛。这些独眼巨人是海神波塞冬的孩子，他们仗着父亲是海神，经常抓捕过往船只上的水手，把他们当作食物。奥德修斯和同伴们被困在了独眼巨人波吕斐摩斯的山洞中。波吕斐摩斯用一棵大树堵住了洞口。在大家吓得浑身发抖的时候，奥德修斯从容地走到巨人面前，自我介绍起来。他告诉巨人，自己的名字叫"无人"。而且，他给巨人献上了一桶美酒，趁着巨人喝醉酣睡之际，奥德修斯和同伴们合力举起一根削尖的木棒，戳瞎了巨人唯一的一只眼睛。

波吕斐摩斯发出痛苦的嚎叫，他的巨人兄弟们连忙赶到洞口，却无法打开洞门。只能在外面询问："亲爱的兄弟，你怎么了？"

波吕斐摩斯喊道："快来帮帮我，无人想要伤

害我！"其他的巨人气坏了，既然没有人想要伤害你，大晚上的鬼哭狼嚎，真是无聊。于是，巨人们纷纷返回自己的洞穴继续酣睡了。而奥德修斯和伙伴们悄悄地藏在洞穴的角落里，当波吕斐摩斯赶羊出去放牧时，他们便随着羊群顺利逃出了山洞。

巧听塞壬的歌声也是奥德修斯智慧的一个证明。塞壬是河神埃克罗厄斯的女儿。她有着半人半鸟（还有一种说法是人身鱼尾）的身体，居住在一个海岛上。塞壬的歌声非常优美，任何人听到她的歌声，都会被迷得挪不动脚步，最终成为塞壬的食物。

在归途中，奥德修斯必须经过塞壬居住的岛屿。他很想听一听塞壬的歌声，便提前吩咐伙伴们用蜂蜡把他的耳朵塞住，并将他绑在桅杆上。他一再嘱咐水手们，无论他如何挣扎，都不能放开他。

当奥德修斯的船慢慢驶向塞壬居住的岛屿时，悠扬迷人的歌声越来越清晰动人。这歌声瞬间迷惑了奥德修斯，他疯狂地在桅杆上挣扎，向水手们嘶叫着，求他们为他松绑，他要驶向这天籁之音发出的地方。水手们却严格遵守奥德修斯的命令，不为所动，驾驶着船只一路向前。奥德修斯也成了唯一听到塞壬的歌声又保住性命的人。

（二）友情

女巫喀尔刻住在艾尤岛上，以使用变形魔法药闻名。喀尔刻的居所位于浓密的森林中，周围有狮子和狼守护着，这些野兽原本是人类，但被喀尔刻用巫术和草药变成了野兽。

在旅途中，奥德修斯路过艾尤岛。喀尔刻热情地邀请他们到岛上享用美食，但她在食物中偷偷放入了魔法药水，结果这些船员在享用完喀尔刻的盛宴后全部变成了猪。

奥德修斯为什么能躲过一劫呢？因为他是神灵赫尔墨斯的好朋友。赫尔墨斯不仅提醒奥德修斯要警惕喀尔刻的变形药，还让他食用神草来对抗喀尔刻的魔法。奥德修斯听从了赫尔墨斯的建议，并成功抵御了喀尔刻的魔法。经过一夜的对抗，喀尔刻竟然爱上了智勇双全的奥德修斯。后来，他们有了三个儿子，其中一个儿子名叫拉丁努斯，在罗马帝国的建立过程中起到了重要作用。

在这一路的征程中，奥德修斯还得到了智慧女神雅典娜、风神埃俄罗斯等神灵的助力；在探访冥界的过程中，他得到了先知忒瑞西阿斯和老朋友阿喀琉斯的很多帮助。如果没有他们的帮助，即便奥德修斯有三头六臂，恐怕也早就葬身于茫茫大海了。

（三）信念

回家是支撑着奥德修斯在大海上漂泊十年却矢志不渝的重要信念，无论遇到怎样的磨难和诱惑，他的心中都只有一个念头：回家。

奥德修斯和他的船员们抵达特里那基亚海岛，岛上有很多太阳神赫利俄斯养的肥美的牛羊。这些牛羊既不能繁殖，也不会死亡，是赫利俄斯特别喜爱的宠物。

此时，奥德修斯和他的伙伴们已经断粮很长一段时间了，看到这些肥美的牛羊，船员们一拥而上，很快，几头牛羊就变成了香喷喷的肉排。

喀尔刻曾经告诉奥德修斯，千万不要伤害这些牛羊，否则将会遭到灭顶之灾。然而，无论奥德修斯怎样劝阻，船员们都置若罔闻，还拿着香喷喷的牛羊肉诱惑他，让他也加入这场盛宴。

尽管肚子非常饥饿，尽管眼前的美味让人垂涎欲滴，可奥德修斯知道，自己一旦吃了这些牛羊肉，就永远回不了家了。

船员们的行为激怒了赫利俄斯。他找到宙斯，要宙斯惩罚那些窃贼，否则他就要将光明带往地下，将黑暗永远留在人间，让世界彻底陷入混乱。

宙斯无奈，只得惩罚奥德修斯和他的船员们。一道霹雳从天而降，除了奥德修斯以外，所有的船员都被除掉了。奥德修斯成了唯一的幸存者。

这篇漫画里记载了很多奥德修斯历险的故事，但这也只是他十年归途中遭遇的种种奇遇的一部分。如果你对奥德修斯的故事感兴趣，不妨去看看荷马的另一部史诗《奥德赛》，这本书对奥德修斯的故事有着非常详细的记录。

埃涅阿斯，罗马人的祖先

埃涅阿斯是特洛伊人，他是凡人安喀塞斯和女神阿佛洛狄忒的儿子。特洛伊城陷落后，他虽然幸存了下来，却不得不离开家乡，行船来到意大利，在那里建立了新的城邦。他被称为罗马人的祖先。

大火在特洛伊城蔓延，咱们得赶紧逃！父亲，你牢牢地抓住我！阿斯卡纽斯，你拉着我的手！

好的，爸爸。

会发生什么呢？

神谕告诉我应当去意大利寻找新的庇护所。

在向西航行的路途中，埃涅阿斯在西西里岛短暂地停留。他的父亲安喀塞斯就在那里与世长辞了。

不要离开我啊！我可怜的父亲！

一场猛烈的海上风暴把埃涅阿斯的船吹向了非洲海岸。

迦太基皇后狄多招待了他，并且疯狂地爱上了他。

你就是我一生的挚爱！

求求你，埃涅阿斯，留下来跟我在一起吧！

不可能。我必须继续我的旅途。永别了！

地理：迦太基曾经是一个非常强大的古代城邦，位于今天的突尼斯的首都突尼斯市附近。

七年之后，埃涅阿斯终于抵达意大利的库美，见到了著名的女预言家西比拉*。

这就是通往冥界的门。你可以从这里下去，天堂般的爱丽舍乐园就在黑暗的中心，在那里，你会找到你的父亲。

*能够揭示隐藏真相并预言未来的女预言家

父亲，你过得还好吗？

我很欣慰，因为我们的后人必将成为罗马的荣光，继续缔造这座伟大的城市。

埃涅阿斯充满了干劲。他一路探索着意大利的海岸，最后来到了拉丁平原地区……

我们就在这里停下吧，这就是台伯河的入海口了！

这里的统治者是拉丁人之王——拉丁努斯。

向你致敬，拉丁努斯国王。请收下这些微薄的和平之礼！

我们欢迎你，埃涅阿斯。作为友谊的见证，我把女儿拉维尼亚许配给你。

但是，卢杜里之王图努斯宣称自己才是拉维尼亚的丈夫，于是一场战争不可避免地爆发了。

靠一边去！

没门儿！

埃涅阿斯最终获得了战争的胜利。他迎娶拉维尼亚为妻，并用妻子的名字将自己新建立的城邦命名为"拉维尼"。

这就是我们的新家了！

神话：维吉尔在最著名的罗马史诗《埃涅阿斯纪》中讲述了埃涅阿斯的故事。

故事拓展

流亡者的王冠：
埃涅阿斯建立拉丁王国之路

古希腊走向衰败，退出历史舞台之后，一个强大的帝国在欧洲土地上崛起了，那就是罗马帝国。而这个故事的主角就是罗马人的祖先——特洛伊英雄埃涅阿斯。

特洛伊城被奥德修斯用木马计攻破后，城内杀声震天，一片火海。埃涅阿斯趁乱抢夺了一艘战船，带着父亲和其他家人逃离了特洛伊。

面对茫茫大海，他们应该驶向何方呢？特洛伊地处地中海东岸，当然只能向西行驶，可是直接向西行驶就会抵达巴尔干半岛，那里可是希腊人的大本营。于是，埃涅阿斯只能选择绕开巴尔干半岛，驶往亚平宁半岛，也就是现在意大利的所在地。也有传说记载，埃涅阿斯收到一则神谕，让他去亚平宁半岛开启新的人生。在漫长的旅途中，他们途经了很多岛屿与王国，留下了很多动人的故事，其中最著名的故事就是埃涅阿斯与迦太基女王狄多的爱情故事。

迦太基位于地中海南岸，是北非一个古老的王国。埃涅阿斯途经这里时，和女王狄多相识并相爱了。狄多希望埃涅阿斯能留在迦太基和自己长相厮守，可埃涅阿斯一心想要复兴特洛伊，不愿意陷入温柔乡之中，便毅然离开了狄多。

狄多得知埃涅阿斯离去的消息，伤心欲绝。她拿起埃涅阿斯留下的宝剑结束了自己的性命。临终前，她对埃涅阿斯及其子孙发出了诅咒，让迦太基与特洛伊后裔陷入无尽的仇恨与冲突之中。果然后来，罗马帝国和迦太基为了争夺地中海的霸权爆发了一场长达一百多年的战争，也就是历史上著名的布匿之战。

埃涅阿斯一路历经重重艰险，终于踏上了亚平宁半岛。这时，他的父亲已经辞世，在女预言家西比拉的帮助下，埃涅阿斯见到了父亲的亡灵。父亲告诉他，就在亚平宁半岛的土地上，埃涅阿斯的后代将会创立一个名为"罗

马"的伟大帝国。

在父亲的激励下,埃涅阿斯深入亚平宁半岛腹地进行探索。特洛伊人在特洛伊战争中勇敢顽强的表现早就传到了亚平宁半岛,所以埃涅阿斯一路上都受到了众人的热烈欢迎与称赞。一天,他来到了拉丁姆王国,这里的国王拉丁努斯很佩服埃涅阿斯,并将自己女儿拉维尼亚许配给他,还分出了一部分国土让埃涅阿斯兴建自己的城邦。埃涅阿斯为了表达对妻子和岳父的感激,便用妻子的名字来为这座新建的城邦命名,并将生活在这座城邦里的所有居民,当然也包括埃涅阿斯自己,都称为"拉丁人"。

拉丁人在亚平宁的土地上生存繁衍,最终创立了罗马帝国,并且深刻地影响了欧洲的文化。许多现代欧洲国家的语言,如西班牙语、葡萄牙语和意大利语等,都源自拉丁语,英语当中的一些固定缩写,例如etc.(诸如此类)、AD(公元后),也都源于拉丁语。

后来,古罗马最优秀的诗人维吉尔专门写了一部名为《埃涅阿斯纪》的长篇史诗,记录并歌颂了埃涅阿斯的英雄事迹。希腊神话中的爱神阿佛洛狄忒在罗马文化中也拥有了崇高的地位,罗马人将她改名为维纳斯(意为"美与魅力"),并将她视为民族之母,因为相传,埃涅阿斯的母亲便是阿佛洛狄忒。

神话小课堂

特洛伊城被攻破后，埃涅阿斯向西航行，他绕开希腊的大本营巴尔干半岛，最终前往亚平宁半岛（今意大利）。而奥德修斯十年漂泊，终于回归家园。想一想，两位英雄的史诗旅程有哪些差异呢？

主要差异	奥德修斯	埃涅阿斯
旅程性质	个人归途：从特洛伊战场返家	民族迁徙：带领特洛伊难民建国
冒险动机	克服阻挠，回归家庭（个人情感驱动）	履行使命，建立罗马帝国（集体使命驱动）
关键抉择	拒绝女神卡吕普索的诱惑	放弃与狄多的爱情
结局象征	家庭圆满（希腊式个人英雄主义）	文明奠基（罗马式集体主义精神）

罗慕路斯
和雷慕斯

阿斯卡纽斯是埃涅阿斯和克瑞乌萨的儿子。他在意大利的拉丁平原地区缔造了阿尔巴隆加新城。这座城邦由阿斯卡纽斯的兄弟管辖，并传给他的后代，直到第十三代国王普罗卡斯。普罗卡斯有两个儿子，一个叫努米托尔，一个叫阿穆利乌斯。

> 阿穆利乌斯，我比你年长，所以王位应当属于我！

> 谁更年长对我来说一点都不重要，努米托尔。我想当国王，而且我一定能当上国王！

阿穆利乌斯不停地追杀努米托尔。他谋杀了努米托尔的儿子，并迫使他的女儿瑞亚·西尔维亚成为维斯塔贞女*。

但是瑞亚·西尔维亚却怀上了战神玛尔斯的孩子，生下了一对双胞胎。

> 叔叔，这是罗慕路斯和雷慕斯。

> 还有比这更倒霉的事情吗！

*侍奉女灶神维斯塔（古希腊神话中赫斯提亚女神的拉丁名）的童女。

> 台伯河啊，快把他们都带走吧！

很幸运的是，装着双胞胎婴儿的篮子被河水推上了岸，一头母狼接纳了他们，并用自己的乳汁养活了兄弟俩。

🖌 艺术：著名的铜像雕塑《卡皮托利尼的母狼》是罗马城的象征。

不久以后，罗慕路斯和雷慕斯兄弟俩被一个名叫浮士德勒的牧羊人收养。牧羊人将他们抚育长大。

成年后，兄弟俩决定向阿慕利乌斯复仇。

> 肮脏的叛徒，这是你应得的！

> 外祖父，我们把属于你的王位归还给您。

> 现在，我们自己建造一座属于自己的新城，怎么样？

> 我同意。不过，我们选哪一座山头来建造新城呢？

奎里纳尔山　维米那勒山　卡皮托利山　西里欧山　阿文提诺山
埃斯奎利诺山　帕拉蒂尼山

两兄弟之间产生了争执……

> 选帕拉蒂尼山！

> 不，我要选阿文提诺山！

罗慕路斯一气之下，失手杀死了弟弟雷慕斯。

> 啊啊啊！我也不想这样的！

于是，罗慕路斯独自在帕拉蒂尼山上建造了一座新城。

> 这座城，就叫它"罗马"吧！

语言： 帕拉蒂尼山曾经是多位罗马皇帝的宏伟宫殿所在地，因此也由此衍生出"宫殿（palace）"一词。

故事拓展

从神话到帝国：罗马的诞生

阿斯卡纽斯是埃涅阿斯和前妻克瑞乌萨的儿子。阿斯卡纽斯长大成人后，便告别父亲和继母拉维尼亚，兴建了一个名为阿尔巴隆加的城邦。经过埃涅阿斯的子孙一代又一代地苦心经营，当努米托尔担任国王时，阿尔巴隆加已经成了一个强大的王国。

努米托尔是阿尔巴隆加的第十四任国王，他有一个弟弟名叫阿穆利乌斯。当初哥哥继承父亲的王位时，阿穆利乌斯就一肚子不服气，后来，他更是瞅准机会发动了一场政变，篡夺了哥哥的王位。

努米托尔趁乱逃离了王宫，混迹民间，自己躲避了追杀，但他的儿子却被阿穆利乌斯杀死了。为了让哥哥绝后，稳固自己的王位，阿穆利乌斯还将哥哥的女儿、她的侄女任命为维斯塔贞女，也就是侍奉圣火女神维斯塔的女祭司，因为被任命为维斯塔贞女后，就必须终身不婚。

然而，出乎阿穆利乌斯意料的是，侄女还是怀孕了，而且还生下了一对双胞胎儿子，老大叫罗慕路斯，老二叫雷慕斯。据说，她和战神玛尔斯（也就是希腊神话中的战神阿瑞斯，玛尔斯是罗马人对他的称呼）相爱了，这对双胞胎就是战神的后代。

哥哥有了外孙，而且外孙身上还有战神的血脉，这是阿穆利乌斯无法忍受的。他命人将装着两个孩子的摇篮扔进了台伯河，想将他们淹死。不过，这两个孩子可真是命大，过了好久，河水不但没有掀翻摇篮，还将摇篮推回了岸边。兄弟俩又冷又饿，拼命啼哭。很快，他们的哭喊声引来了一头母狼。这头母狼刚刚生完孩子，所以，在看到兄弟俩后，不仅没有兽性大发伤害他们，反而用自己的乳汁哺育他们。

就这样，兄弟俩一直被狼妈妈抚养，直到

一个牧羊人发现了他们,并把他们带回家抚养长大。

　　罗慕路斯和雷慕斯长大后得知了自己的身世,决定推翻阿穆利乌斯的统治,为外祖父努米托尔夺回王位。老百姓们对阿穆利乌斯篡位的不义之举和登基后的暴政早就心生不满,纷纷加入了兄弟俩的队伍,帮助他们成功地推翻了阿穆利乌斯,让努米托尔重登王位。

　　在推翻阿穆利乌斯后,罗慕路斯和雷慕斯决定在台伯河畔建立一座新城,以纪念狼妈妈的救命之恩。然而,在新城的选址和命名上,此前同仇敌忾的两兄弟却产生了矛盾。罗慕路斯想在帕拉蒂尼山上建城,并以自己的名字命名;而雷慕斯则想在阿文提诺山上建城,并以自己的名字命名。语言上的争执最终引发了冲突,打斗中,罗慕路斯失手杀死了雷慕斯。最后,他以自己的名字命名了新城,我们所说的罗马,其实就是罗慕路斯的谐音。这一天是公元前753年4月21日,也就是罗马的建国日。从此,罗马人就开始了四处征伐、不断扩张领土的生活。

　　意大利首都罗马市至今保留着一个习俗。每年元旦的时候,人们就会从桥上跳入台伯河中。这个习俗既代表了他们希望洗去过去一年的霉运,以全新的姿态迎接新年的美好愿望,也是为了纪念当初被抛入台伯河的罗慕路斯兄弟。而在今天,狼在意大利依然享有尊崇的地位,这也是意大利人对自己祖先神奇经历的一种追忆和缅怀。

图书在版编目（CIP）数据

课本里的希腊神话：漫画版 / （法）桑德利娜·米尔扎著；（法）克洛特卡绘；洪昊玥译. -- 武汉：长江文艺出版社，2025. 6. (2025.6重印)-- ISBN 978-7-5702-1472-3

I. I545.73

中国国家版本馆CIP数据核字第2025ZP9901号

Original title：Ma première mythologie en BD
Series：La mythologie en BD
Text：Sandrine Mirza
Illustrations：Clotka

Original French edition and artwork©Editions Casterman 2021 of publication.
 All rights reserved.
Text translated into Simplified Chinese©Changjiang Literature & Art Publishing House 2025.

著作权合同登记号 图字：17-2024-047

课本里的希腊神话：漫画版
KEBEN LI DE XILA SHENHUA ：MANHUA BAN

策划编辑：叶　露	特约编辑：李　纲
责任编辑：张　瑞	责任校对：程华清
封面设计：魏嘉奇	责任印制：邱　莉　胡丽平

出版：长江出版传媒　长江文艺出版社
地址：武汉市雄楚大街268号　　邮编：430070
发行：长江文艺出版社
http://www.cjlap.com
印刷：湖北金港彩印有限公司

开本：787毫米×1092毫米　1/16　　印张：8.25
版次：2025年6月第1版　　2025年6月第2次印刷
字数：39千字

定价：45.00元

版权所有，盗版必究（举报电话：027—87679308　87679310）
（图书出现印装问题，本社负责调换）